家庭的故事

舊家庭的興衰際遇，封建迷信下的悲劇

鄭振鐸 著

這錚錚嘡嘡的簡單而熟悉的三弦聲，
彷彿是運命她自己站在你面前和你叨叨絮絮的談著，
你不能避開了她的灰白如死人的大而悽慘的臉，
你不能不聽她那些淡泊無味而單調的語聲。

雖只是一聲半聲，由街頭巷尾而飄來你的書室裡，
卻使你受傷了，一枝兩枝無形的毒箭，正中在你的心。

目錄

目錄

貓

貓

我家養了好幾次貓，結局總是失蹤或死亡。三妹是最喜歡貓的，她常在課後回家時，逗著貓玩。有一次，從隔壁要了一隻新生的貓來。花白的毛，很活潑，常如帶著泥土的白雪球似的，在廊前太陽光裡滾來滾去。三妹常常的，取了一條紅帶，或一根繩子，在牠面前來回的拖搖著，牠便撲過來搶，又撲過去搶。我坐在籐椅上看著他們，可以微笑著消耗過一、二小時的光陰，那時太陽光暖暖的照著，心上感著生命的新鮮與快樂。後來這隻貓不知怎地忽然消瘦了，也不肯吃東西，光澤的毛也汙澀了，終日躺在廳上的椅下，不肯出來。三妹想著種種方法逗牠，牠都不理會。我們都很替牠憂鬱。三妹特地買了一個很小很小的銅鈴，用紅綾帶穿了，掛在牠頸下，但只顯得不相稱，牠只是毫無生意的，懶惰的，鬱悶的躺著。有一天中午，我從編譯所回來，三妹很難過的說道：「哥哥，小貓死了！」

我心裡也感著一縷的酸辛，可憐這兩月來相伴的小侶！當時只得安慰著三妹道：「不要緊，我再向別處要一隻來給你。」

隔了幾天，二妹從虹口舅舅家裡回來，她道，舅舅那裡有三、四隻小貓，很有趣，正要送給人家。三妹便慫恿著她去拿一隻來。禮拜天，母親回來了，卻帶了一隻渾身黃色的小貓同來。立刻三妹一部分的注意，又被這隻黃色小貓吸引去了。這隻小貓較第一隻更有趣，更活潑。牠在園中亂跑，又會爬樹，有時蝴蝶安詳地飛過時，牠也會撲過去捉。牠似乎太活潑了，一點也不怕生人，有時由樹上躍到牆上，又跑到街上，在那裡晒太陽。我們都很為牠提心吊膽，一天都要「小貓呢？小貓呢？」查問得好幾次。每次總要尋找了一回，方才尋到。三妹常指牠笑著罵道：「你這小貓呀，要被乞丐捉去後才不會亂跑呢！」我回家吃中飯，總看見牠坐在鐵門外邊，一見我進門，便飛也似的跑進去了。飯後的娛樂，是看牠在爬樹。隱身在陽光隱約裡的綠葉中，好像在等待著要捉捕什麼似的。把牠抱了下來，一放手，又極快的爬上去了。過了二、三個月，牠會捉鼠了。有一次，居然捉到一隻很肥大的鼠，自此，夜間便不再聽見討厭的吱吱的聲了。

某一日清晨，我起床來，披了衣下樓，沒有看見小貓，在小園裡找了一遍，也不見。心裡便有些亡失的預警。

「三妹，小貓呢？」

她慌忙的跑下樓來，答道：「我剛才也尋了一遍，沒有看見。」

家裡的人都忙亂的在尋找，但終於不見。

李嫂道：「我一早起來開門，還見牠在廳上。燒飯時，才不見了牠。」

大家都不高興，好像亡失了一個親愛的同伴，連向來不大喜歡牠的張嬸也說：「可惜，可惜，這樣好的一隻小貓。」

我心裡還有一線希望，以為牠偶然跑到遠處去，也許會認得歸途的。

午飯時，張嬸訴說道：「剛才遇到隔壁周家的丫頭，她說，早上看見我家的小貓在門外，被一個過路的人捉去了。」

於是這個亡失證實了。三妹很不高興的，咕嚕著道：「他們看見了，為什麼不出來阻止？他們明曉得牠是我家的！」

我也悵然的，憤恨的，在詛罵著那個不知名的奪去我們所愛的東西的人。

自此，我家好久不養貓。

冬天的早晨，門口蜷伏著一隻很可憐的小貓。毛色是花白，但並不好看，又很瘦。牠伏著不去。我們如不取來留養，至少也要為冬寒與飢餓所殺。張嬸把牠拾了進來，每天給牠飯吃。但大家都不大喜歡牠，牠不活潑，也不像別的小貓之喜歡頑遊，好像是具著天生的憂鬱性似的，連三妹那樣愛貓的，對於牠也不加注意。如此的，過了幾個月，牠在我家仍是一隻若有若無的動物。牠漸漸的肥胖了，但仍不活潑。大家在廊前晒太陽閒談著時，牠也常來蜷伏在母親或三妹的足下。三妹有時也逗著牠玩，但沒有對於前幾隻小貓那樣感興趣。有一天，牠因夜裡冷，鑽到火爐底下去，毛被燒脫好幾塊，更覺得難看了。

春天來了，牠成了一隻壯貓了，卻仍不改牠的憂鬱性，也不去捉鼠，終日懶惰的伏著，吃得胖胖的。

這時，妻買了一對黃色的芙蓉鳥來，掛在廊前，叫得很好聽。妻常常叮囑著張嬸換水，加鳥糧，洗刷籠子。那隻花白貓對於這一對黃鳥，似乎也特別注意，常常跳在桌上，對鳥籠凝望著。

妻道：「張嬸，留心貓，牠會吃鳥呢。」

張嬸便跑來把貓捉了去。隔一會，牠又跳上桌子對鳥籠凝望著了。

一天，我下樓時，聽見張嬸在叫道：「鳥死了一隻，一條腿被咬去了籠板上都是血。是什麼東西把牠咬死的？」

我匆匆跑下去看，果然一隻鳥是死了，羽毛鬆散著，好像牠曾與牠的敵人掙扎了許久。

我很憤怒，叫道：「一定是貓，一定是貓！」於是立刻便去找牠。

妻聽見了，也匆匆的跑下來，看了死鳥，很難過，便道：「不是這貓咬死的還有誰？牠常常對鳥籠望著，我早就叫張嬸要小心了。張嬸！你為什麼不小心？」

張嬸默默無言，不能有什麼話來辯護。

於是貓的罪狀證實了。大家都去找這可厭的貓，想給牠以一頓懲戒。找了半天，卻沒找到。我以為牠真是「畏罪潛逃」了。

三妹在樓上叫道：「貓在這裡了。」

牠躺在露臺板上晒太陽，態度很安詳，嘴裡好像還在吃著什麼。我想，牠一定是在吃著這可憐的鳥的腿了，一時怒氣沖天，拿起樓門旁倚著的一根木棒，追過去打了一下。牠很悲楚的叫了一聲「咪嗚！」便逃到屋瓦上了。

我心裡還憤憤的，以為懲戒得還沒有快意。

隔了幾天，李嫂在樓下叫道：「貓，貓！又來吃鳥了。」同時我看見一隻黑貓飛快的逃過露臺，嘴裡銜著一隻黃鳥。我開始覺得我是錯了！

我心裡十分的難過，真的，我的良心受傷了，我沒有判斷明白，便妄下斷語，冤苦了一隻不能說話辯訴的動物。想到牠的無抵抗的逃避，益使我感到我的暴怒，我的虐待，都是針，刺我的良心的針！

我很想補救我的過失，但牠是不能說話的，我將怎樣的對牠表白我的誤解呢？

兩個月後，我們的貓忽然死在鄰家的屋脊上。我對於牠的亡失，比以前的兩隻貓的亡失，更難過得多。

我永無改正我的過失的機會了！

自此，我家永不養貓。

風波

風波

樓上洗牌的聲音瑟啦瑟啦的響著，幾個人的說笑、辯論、計數的聲音，隱約的由厚的樓板中傳達到下面。仲清孤寂的在他的書房兼作臥房用的那間樓下廂房裡，手裡執著一部屠格涅夫的《羅亭》在看，看了幾頁，又不耐煩起來，把它放下了，又到書架上取下了一冊《三寶太監下西洋演義》來；沒有看到二三回，又覺得毫無興趣，把書一拋，從椅上立了起來，微微的嘆了一口氣，在房裡踱來踱去。壁爐架上立著一面假大理石的時鐘，一對青磁的花瓶，一張他的妻宛眉的照片。他見了這張照片，走近爐邊凝視了一會，又微微的嘆了一口氣。樓上啪，啪，啪的響著打牌的聲音，他自言自語的說道：「唉，怎麼還沒有打完！」

他和他的妻宛眉結婚已經一年了。他在一家工廠裡辦事，早晨八九點時就上工去了，午飯回家一次，不久，就要去了。他的妻在家裡很寂寞，便常到一家姨母那裡去打牌，或者到樓上她的二姊那裡，再去約了兩個人來，便又可成一局了。

他平常在下午五點鐘，從工廠下了工，匆匆的回家時，他的妻總是立在房門口等他，他們很親熱的抱吻著。以後，他的妻便去端了一杯牛奶給他喝。他一邊喝，一邊說些在工廠同事方面聽到的瑣雜的有趣的事給她聽：某處昨夜失火，燒了幾間房子，燒死了幾個人；某處被強盜劫了，主人跪下地去懇求，但終於被劫去多少財物或綁去了一個孩子，這些都是很刺激的題目，可以供給他半小時以上的談資。然後他伏書桌上看書，或譯些東西，他的妻坐在搖椅上打著絨線衫或襪子，有時坐在他的對面，幫他抄寫些詩文，或謄清文稿。他們很快活的消磨過一個黃昏的時光，晚上也是如此。

不過一禮拜總有一二次，他的妻要到樓上或外面去打牌去。他匆匆的下了工回家，渴想和他的妻見面，一看，她沒有立在門口，一縷無名悵惘便立刻兜上心來。懶懶的推開了門口進去，叫道：「蔡嫂，少奶奶呢？」明曉得她不在房裡，明曉得她到什麼地方去，卻總要照例的問一問。

「少奶奶不在家，李太太請她打牌去了。」蔡嫂道。

「又去打牌了！前天不是剛在樓上打牌的麼。」他恨恨的說道，好像是向著蔡嫂責問。「五姨也太奇怪了，為什麼常常叫她去打牌？難道她家裡沒有事麼？」他心裡暗暗的怪著他的五姨。桌上報紙凌亂的散放著，半茶碗的剩茶也沒有倒去，壁爐架上的花乾了也不換，床前小桌上又是幾本書亂堆著，日曆也已有兩天不扯去了，椅子也不放在原地方，什麼都使他覺得不適意。

「蔡嫂，你一天到晚做的什麼事？怎麼房間裡的東西一點也不收拾收拾？」

蔡嫂見慣了他的這個樣子，曉得他生氣的原因，也不去理會他，只默默的把椅子放到了原位，桌上報紙收拾開了，又到廚房裡端了一碗牛奶上來。

風波

他孤寂無聊的坐著，書也不高興看，有時索性和衣躺在床上，默默的眼望著天花板。晚飯是一個吃著，更覺得無味。飯後攤開了稿紙要做文章，因為他的朋友催索得很緊，週刊等著發稿呢。他盡有許多的東西要寫，卻總是寫不出一個字來。筆桿似乎有千鈞的重，他簡直沒有決心和勇氣去提它起來。他望了望稿紙，嘆了一口氣，又立起身來，踱了幾步，穿上外衣，要出去找幾個朋友談談，卻近處又無人可找。自他結婚以後，他和他的朋友們除了因公事或宴會相見外，很少特地去找他們的。以前每每的強拽了他們上王元和去喝酒。或同到四馬路舊書攤上走走。婚後，這種事情也成了絕無僅有的了。漸漸的成了習慣以後，便什麼時候也都懶得去找他們了。

街上透進了小販們賣檀香橄欖，或五香豆的聲音。又不時有幾輛黃包車衣挨衣挨的拖過的聲響。馬蹄的的，是馬車經過了。汽號波波的，接著是飛快的呼的一聲，他曉得是汽車經過了。又時時有幾個行人大聲的互談著走過去。一切都使他的房內顯得特別的沉寂。他脫下了外衣，無情無緒的躺在床上，默默的不知在想些什麼。

鐺，鐺，鐺，他數著，一下，二下，壁爐架上的時鐘已經報十點了，他的妻還沒有回來。他想道：「應該是回來的時候了。」於是他的耳朵特別留意起來，一聽見衣挨衣挨的黃包車拖近來的聲音，或馬蹄的的的走過，他便諦聽了一會，站起身來，到窗戶上望著，還預備叫蔡嫂去開門。等了半晌，不見有叩門的聲音，便知道又是無望了，於是便恨恨的嘆了一口氣。

如此的，經了十幾次，他疲倦了，眼皮似乎強要闔了下來，覺得實在要睡了，實在不能再等待了，於是勉強的立了起身，走到書桌邊，氣憤憤的取了一張稿紙，塗上幾個大字道：「唉！眉，你又去了許久不回來！你知道我心裡是如何的難過麼？你知道等待人是如何的苦麼？唉，親愛的眉，希望你下次不要如此！」

他脫下衣服，一看鐘上的短針已經指了十二點。他正攢進被窩裡，大門外彷彿有一輛黃包車停下，接著便聽見門環嗒、嗒、嗒的響著，「蔡嫂，蔡嫂，開門！」是他的妻的聲音。蔡嫂似乎也從睡夢中驚醒，不大願意的慢吞吞的起身去開門。「少爺睡了麼？」他的妻問道。「睡了，睡了，早就睡了，」蔡嫂道。

他連忙閉了雙眼，一動不動的，假裝已經熟睡。他的妻推開了房門進來。他覺得她一步步走近床邊，俯下身來。冰冷的唇，接觸著他的唇，他懶懶的睜開了眼，嘆道：「怎麼又是十二點鐘回來！」她帶笑的道歉道：「對不住，對不住！」一轉身見書桌上有一張稿紙寫著大字，便走到桌邊取來看。她讀完了字，說道：「我難道不痛愛你？難道不想最好一刻也不離開你！但今天五姨特地差人來叫我去。上一次已經辭了她，這一次卻不好意思再辭了。再辭，她便將誤會我對她有什麼意見了。今天晚飯到九點半鐘才吃，你知道她家吃飯向來是很晏的，今天更特別的晏。我真急死了！飯後還剩三圈牌，我以為立刻可以打完，不料又連連的連莊，三圈牌直打了兩點多鐘。我知道你又要著急了，時時看手錶，催他們快打。惹得他們打趣了好一會。」說時，又走近了床邊，雙手抱了他的頭，俯下身來連連的吻著。

他的心軟了，一陣的難過，顫聲的說道：「眉，我不是不肯叫你去玩玩。終日悶在家裡也是不好的。且你的身體又不大強壯，最好時時散散心。但太遲了究竟傷身體的。以後你打牌儘管打去，不過不要太遲回來。」

她感動的把頭倚在他身上說道：「曉得了，下次一定不會過十點鐘的，你放心！」

他從被中伸出兩隻手來抱著她。久久的沉默無言。

隔了幾天，她又是很遲的才回家。他真的動了氣，躺在床上只不理她。

「又不是我要遲，我心裡正著急得了不得！不過打牌是四個人，哪裡能夠由著我一個人的主意。飯後打完了那一圈牌，我本想走了，但辛太太輸得太利害了，一定要反本，不肯停止。我又是贏家，哪裡好說一定不再打呢！」

「好！你不守信用，我也不守信用。前天我們怎麼約定的？你少打牌，我少買書。現在你又這麼樣晚的回家，我明天也一定要去買一大批的書來！」

「你有錢，你儘管去買好了。只不要欠債！看你到節下又要著急了！我每次打牌你總有話說，真倒楣！做女人家一嫁了就不自由，唉！唉！」她也動了氣，臉伏在桌上，好像要哽咽起來。

他連忙低頭下心的勸道：「不要著急，不要著急，我說著玩玩的！房裡冷，快來睡！」她伏著頭在桌上，不去理會他。他嘆道：「現在你們女人家真快活了。從前的女人哪裡有這個樣子！只有男人出去很晚回來，她在家裡老等著，又不敢先睡。他吃得醉了回來，她還要小心的侍候他，替他脫衣服，還要受他的罵！唉，現在不同了！時代變了，丈夫卻要等待著妻子了！你看，每回都是我等待你。我哪一次有晚回來過，有勞你等過門？」

她抬起頭來應道：「自然婁，現在是現在的樣子！你們男子們舒服好久了，現在也要輪到我們女子了！」

他噗哧的一聲笑了，她也笑了。

如此的，他們每隔二三個禮拜總要爭鬧一次。

這一次，她是在樓上打牌。她的二姊因為沒事做，氣悶不過，所以臨時約了幾個人來打小牌玩玩。第一個自然是約她了。因為是臨時約成的，所以沒有預先告訴他。他下午回家手裡拿著一包街上買的他的妻愛吃的糖炒栗子，還是滾熱的，滿想一進門，就揚著這包栗子，向著他的妻叫道：「你要不要？」不料他的妻今天卻沒有立在房門口，又聽見樓上的啪，啪，啪的打牌聲及說笑聲，知道她一定也在那裡打牌了，立刻便覺得不高興起來，緊皺著雙眉。

他什麼都覺得無趣，讀書，做文，練習大字，翻譯。如熱鍋上螞蟻似的，東爬爬，西走走，都無著落處。又賭氣不肯上去看看她，只叫蔡嫂把那包栗子拿上樓去，意思是告訴她，他已經回來了。滿望她會下樓來看他一二次，不料她卻專心在牌上，只叫蔡嫂預備晚飯給他吃，自己卻不動身，這更使他生氣。「有牌打了，便什麼事都不管了，都是假的，平常親熱熱的，到了打牌時，牌便是她的命了，便是她的唯一的伴侶了。」他只管嘰哩咕嚕的埋怨著，特別怨她的是今天打牌沒有預先通知他。這個出於意外的離別，使他異常的苦悶。

書桌上鎮紙壓著一張她寫的信：

我至親愛的清，你看見我打牌一定很生氣的。我今天本來不想打牌，她們叫我再三我才去打的。並且你叫我抄寫的詩，我都已抄好了半天了。你說要我抄六張，但是你所選的只夠抄三張。你回來，請你再選些，我明天再替你抄。我親愛的，千萬不要生氣。你生氣，我是很難過的。這次真的我並沒有想打牌。都是二姊她自己打電話去叫七嫂和陳太太，我並不知道，如果早知道，早就阻止她了。千萬不要生氣，我難道不愛你麼？請你原諒我罷！你如果生氣，我心中是非常的不安的！二姊後來又打一次電話去約七嫂。她說，明天來，約我在家等她。二姊不肯，一定要她來。我想寧可今晚稍打一會，明天就不打了。因為明天是你放假的日子，我不應該打牌，須當陪你玩玩，所以沒有阻止她，你想是麼？明天一塊去看電影，好麼？我現在向你請假了，再會！

你的眉

他手執這封信，一行一行的看下去，眼睛漸漸朦朧起來，不覺的，一大滴的眼淚，滴溼了信紙一大塊。他心裡不安起來。他想：他實在對待眉太殘酷了！眉替他做了多少事情！管家記帳，打絨線衣服，還替他抄了許多書，不到一年，已抄有六七冊了。他半年前要買一部民歌集，是一部世間的孤本，因為嫌它定價略貴，沒有錢去買，心裡卻又著實的捨不下，她卻叫他向書坊借了來，晝夜不息的代他抄了兩個多月，把四大厚冊的書全都抄好了。他想到這裡，心裡難過極了！「我真是太自私了！太不應該了！有工作，應該有遊戲！她做了一個禮拜的苦工，休息一二次去打牌玩玩。難道這是不應該麼？我為什麼屢次的和她鬧？唉，太殘忍了，太殘忍了！」他恨不得立刻上樓去抱著她，求她寬恕一切的罪過，向她懺悔，向她立誓說，以後絕不干涉她的打牌了，不再因此埋怨她了。因為礙著別人的客人在那裡，他又不敢走上去。他想等她下樓來再說吧。

時間一刻一刻的過去。他清楚的聽著那架假大理石的時鐘，的嗒的嗒的走著，且看著它的長針一分一分的移過去。他不能看書，他一心只等待著她下樓。他無聊的，一秒一秒的計數著以消磨這個孤寂的時間。夜似乎比一世紀還長。當、當、當已經十一點鐘了。樓上還是啪、啪、啪的打著牌，笑語的，辯論的，不像要終止的樣子。他又等得著急起來了！「還不完，還不完！屢次告訴她早些打完，總是不聽話！」他嘆了一口氣，不覺的又責備她起來。拿起她的信，再看了一遍，又嘆了一口氣，連連的吻著它，「唉！我不是不愛你，不是不讓你打牌，正因為愛你，因為太愛你了，所以不忍一刻的離開你，你不要錯怪了我！」他自言自語著，好像把她的信當作她了。

等待著，等待著，她還不下來。樓上的洗牌聲瑟啦瑟啦的響著，幾個人的說笑、辯論、計數的聲音，隱約的由厚的樓板中傳達到下面。似乎她們的興致很高，一時絕不會散去。他無聊的在房裡踱來踱去，心裡似乎渴要黏貼著什麼，卻又四處都是荒原，都是汪汪的大洋，一點也沒有希望。

十二點鐘了，她們還在啪、啪、啪的打牌，且說著笑著。「快樂」使她們忘了時間的長短，他卻不能忍耐了。他恨恨的脫了衣服，鑽到被中，卻任怎樣也不能閉眼睡去。「唉！」他曼聲的自嘆著，睜著眼凝望著天花板。

書之幸運

天一書局送了好幾部古書的頭本給仲清看。一本是李卓吾評刻的《浣紗記》的上冊，附了八頁的圖，刻得極為工致可愛，送書來的夥計道：「這是一部不容易得到的傳奇。李卓吾的書在前清是禁書。有好些人都要買它呢。您老人家是老交易，所以先送給您老人家看。」又指著另外一本藍面子、潔白的雙絲線訂著的《隋唐演義》，道：「這是褚氏原刻的，頭本有五十張細圖呢，您老人家看看，多末好，多末工細！」說著，便翻幾頁給他看，「一頁也不少，的確是原刻的，字跡一點也不模糊，邊框也多末完整。我們老闆費了很貴的價錢，昨天才由同行轉讓來的，剛才拿到手呢。」又指著一本很汙穢的黃面子蟲蝕了好幾處的書道：「這是明刻的《隋煬豔史》，外面沒有見過。今早才收進來，還沒有裝訂好呢。您老人家如要，馬上就可以去裝訂。看看只有八本，襯訂起來可以有十六本，還是很厚的呢。老闆說，他做了好幾十年的生意，這部書還不曾買過呢。四十回，每回有兩張圖，共八十張圖，都是極精工的。」又指著一本黃面子裝訂得很好看的書道：「這是《笑史》，共十六冊，龍子猶原編，李笠翁改訂的，外間也極少見。」這位夥計曉得他極喜歡這一類的書，且肯出價錢，所以一本本的指點給他看。此外還有幾部詞選，卻是不大重要的。

仲清默默的坐在椅上，聽著夥計流水似的誇說著，一面不停手的翻著那幾本書。書委實都是很好的，都是他所極要買下的，那些圖他尤其喜歡。那種工致可愛的木刻，神采弈弈的圖像，不僅足以考證古代的種種制度，且可以見三四百年前的雕版與繪畫的成績是如何的進步。那幾個刻工，細緻的地方，直刻得三五寸之間可以容得十幾個人馬，個個鬚眉清晰，衣衫的襞痕一條條都可以看出；粗笨的地方，是刻的一堆一堆的大山，粗粗幾縷遠水，卻覺得逸韻無窮，如看王石谷、八大山人的名畫一樣。他秀實的為這部書所迷戀住了。但外面是一毫不露，怕被夥計看出他的強烈的購買心，要任意的說價，裝腔的不賣。

「書倒不大壞；不過都是玩玩的書，沒有實用。」他懶懶的裝著不大注意的說著。

「雖然是玩玩的書，近幾年買的人倒不少，書價比以前貴得好幾倍了呢。」夥計道。

「李卓吾的《浣紗記》多少錢？那幾部多少錢？」

夥計道：「老闆吩咐過的，您老人家是老交易。不說虛價。《浣紗記》是五十塊錢，《隋唐演義》是三十塊錢，《隋煬豔史》是八十塊錢，《笑史》是五十塊錢，……」他正要再一部的說下去，仲清連忙阻擋住他道：「不必再說了，那些我不要。」

「價錢真不貴，不是您老人家，真的不肯說實價呢。賣到東洋去，《浣紗記》起碼值得一百塊錢。《隋煬豔史》起碼得賣個兩三百塊。……」

仲清心裡嫌著太貴，照他的價錢計算起來，共要二百塊錢以上呢，一時哪裡來這許多錢去買！且買了下來，知道宛眉一定又要生氣的。心裡十分的躊躇，手卻不停的翻翻這本，翻翻那本，很想狠心一下，回絕那個夥計說：「我不要買，請送給別人家去！」卻又委實的捨不得那幾部書歸入別人的書室中。躊躇了好一會，表面上是假飾著仔細的在翻看那些書，實則他的心思全不注在書上。

夥計站在他旁邊等候著他的回話。

「這幾部書都是一點也不殘缺的麼？沒有缺頁，也沒有破損麼？」他隨意的問著夥計。

「一點都沒有，全是初印最完全的。我們店裡已經檢查過了，一頁也不缺。缺了一頁，一個錢都不要，您老人家儘管來退。您老人家是老交易，一點也不會欺騙您老人家的，您老人家放心好了。」

「那末，把這三部書的頭本先放在這裡吧。」說時，他把《浣紗記》、《隋唐演義》、《隋煬豔史》另放在一邊，「其餘的你帶回去。價錢，我停一刻去和你們老闆面議，還要去看看全書。」

「好的，好的。」夥計帶笑的說道，好像他的交易已經成功了，「請您老人家停一刻過來。價錢，老闆說是一定不減的。這部《笑史》也給您老人家留下吧，這部書很少見的，有人要拿去做石印呢。」夥計拿起《笑史》也要把它放在《浣紗記》諸書一堆。他連忙搖頭道：「這部我不要，沒有用處，你帶給別人家看吧。」夥計縮回手，把它和其他揀剩的書包在一個包袱中，說著「再見，您老人家，」而去了。他點點頭。仍舊坐下去辦他的公事，心裡十分躊躇，買不買呢？

他的妻宛眉因為他的浪買書，已經和他爭鬧過不止幾十次了。

「又買書了！家裡的錢還不夠用呢。你的裁縫帳一百多塊還沒有還，杭州的二嬸母窮得非凡，幾次寫信來問你借幾十塊錢。你有錢也應該寄些給她用用。卻自己只管買書去！現在，你一個月，一個月，把薪水都用得一文不剩，且看你，一有疾病時將怎麼辦！你又沒有什麼儲蓄的底子。做人難道全不想想後來！況且書已經有了這許多了。」她說時指著房間的七八個大書架，這間廂房不算小，卻除了臥床前面幾尺地外，無處不是書，四面的牆壁都被書架遮沒著，只有火爐架上面現出一方的白色。「房間裡都堆得滿滿的了，還買書，還買書，看你把它們放到哪裡去？」她很氣憤的說著，「下次再買，我一定把你的什麼書都扯碎了！」她的牙緊咬著，狠狠的頓一頓足。

他低頭坐在椅上，書桌上放著一包新買來的書，沉默不言，任她滔滔的訴說著。

「這些書都是要用的，才買來。」他等著她說完了，抗辯似的回答了一句，但心裡卻十分的不安。他自己懺悔，不該對他的妻說不由衷的話；他買的書，一大半是隨意的購買，委實不是什麼因為要用了才去買的。

書之幸運

「要用，要用，只聽見你說要用，難道我不曉得麼？你買的都是什麼小說、傳奇，這些書翻翻而已，有什麼實用！」

「你怎麼知道沒有用？我蒐羅了小說是因為要做一部《中國小說考》，這部書還沒有人做過呢。」

他的妻氣漸漸的平了：「難道別處都沒有地方借麼？為什麼定要自己一部一部的買？」

「借麼？向哪裡去借？那末大的一個上海，哪裡有一座圖書館給公眾使用？有幾家私人的藏書室，非極熟的人卻不能進去看，更不用說借出來了。況且他們又有什麼書？簡直是不完不備的。我也去看過幾家了，我所要的書，他們幾乎全都沒有。怎麼不要自己去買呢！唉！在中國研究什麼學問，幾乎全都是機會使他們成功的。寒士無書可讀，要成一個博覽者真是難於登天呢！」他振振有詞的如此的說著，他的妻倒弄得沒有什麼話可說了。

「不過為了做一部書而去買了那末多的書來，也實在不合算。書店買不買你那部書還是問題，即使買了，三塊錢一千字，二塊錢一千字的算著，我敢擔保定你買書的花的錢是決計撈不回來了，工夫白費了是當然！」他的妻懇摯的勸著。

「我也何曾不知道。他們亂寫了一頓，出了一二部集子倒立刻有了大作家的稱號，一般青年盲目的崇拜著，書鋪裡也為他們所震嚇，有稿子不敢不買了。辛辛苦苦的著作者卻什麼幸運都沒有遇見。唉！世間上的事都是如此。誰叫得響些，誰便有福了。以後，再不買什麼撈什子的書了，讀書買書有什麼用！」

「非必要的書少買些就好了，何必賭咒說不買書呢。別人的事不去管他，你只自己求己心之所安而已，」他的妻安慰著他說。「不過，你說的話真未見得靠得住的。現在說一定不買，你看不到幾天，一定真又要一大包一大包的買進家了。」

他被他的妻說著了真病，倒說得笑起來了。

不多幾天，他又買了一大包的書回家了，一大半是隨手的無目的的買來的。他的妻見了，又生氣起來：「你真的一個錢在身邊也留不住，總要全都送了出去才安心！家用沒有了，叫我去想什麼方法，你卻又買了一大包的書回來！」她氣憤憤的從架上取了一本書拋在地上，「一定要把它們都扯碎了，才可出我的一口氣。」說著，又拋了一本書在地上，卻究竟不忍實行她的扯碎的宣言。他伏下去一本一本的拾起來，仍舊安放在架上，心裡卻也難過起來，暗暗的恨著自己太不爭氣了，太無決心了，太喜歡買書了，買了許多不必用的書，徒然擺在架上裝裝樣子，一面卻使他經濟弄得十分窮困。他嘆了一口氣，自己怨艾著，他的妻坐在椅上默默的無言。兩行清淚掛下她的雙頰。他走近她身邊，俯下身去，吻她的髮，兩手緊握著她，懺悔的說道：「真對不住，真對不住，又使你生氣了！我實在自己太無自制力了。見書就買，累你傷心。我心裡真是難過！下次決計再不到書店裡去了。」他又咬著牙頓一頓足的誓道：「下次再去的不是人！」他的妻仰頭望著他，雙眼中淚珠還滿盈盈的。

像這樣的，一年來不止有幾十次了。仲清好買書的習慣總是屢改不悛。正和他的妻宛眉打牌的習慣一樣。

「你少買書，我就少打牌。」

「你不打牌，我也就不買書。」他們倆常常的這樣牽制的互約著，卻終於大家都常常的破約，沒有遵守著。

現在，仲清要買的書，價錢太大了，他身上又沒有幾塊錢剩下。買不買的問題，總在他心上繚繞著。這一天，恰好宛眉又被她五姨請去打牌了，他又得空到天一書局去走一趟。老闆見了他來，很恭敬的招呼著他，剛才送書來的夥計也在那裡，連忙端了一張凳來請他坐，又送了一杯茶來。

「您老人家請坐用茶，我到棧房裡拿書給您。」那個夥計說著出店門去了。

「這幾部書真是不容易見到。我做了好幾十年的生意了，還不常遇見。《隋唐演義》賣出三部，李卓吾批的《浣紗記》只見過一次，那樣好的《隋煬豔史》卻簡直未曾見過。不是您，真不叫人送去看。趙三爺不知聽見誰說，剛才跑來，要看這幾部書，我好容易把他回絕了。劉鼎文也正在收買這些小說傳奇。不過他們都是買去點綴書架的，不像您是買去用的。」老闆這樣的滔滔的說著。

「那幾部書倒委實不壞，不過你們的價錢未免開得太大了。」

「不大，不大，不瞞你說，不是您老主顧，真的不肯說實價呢。這種書東洋人最要買，他們的價錢真出得不低。不過我們中國的好東西，不瞞您說，我實在有些不願意使它們流入異邦。所以本店不大和東洋人來往。不像他們，往往把好書都賣給外國人了。像他們那末樣不知保存國粹的做著，不到幾十年，恐怕什麼宋版元鈔，以及好一點的小說、傳奇，都要陳列在他們外國人的家裡去了。唉，唉，可嘆！可嘆！」老闆似乎很感慨的說著，頻頻搖著他的光頭。

仲清不好說什麼，只默默的遙矚著對面架上的書。慢慢的立起身來，走近架邊，無目的的翻翻架上的書，又看看他們標著的價目。

夥計抱了一包的書回到店裡來：「你老人家請來看，一頁缺殘也沒有，只有一點蟲蝕的地方。不要緊，我們會替您老人家修補好的。」

他一本一本的把這三部書都翻了一遍，委實是使他愈看愈愛。《隋煬豔史》上還有好幾幅很大膽的插圖，是他向未在別的書圖上見過的。每本書，邊框行格都是完完整整的，並無斷折，一個個字都是鋒棱鋼利，筆畫清晰，墨色也異常的清濃，看起來非常的爽目。一頁一頁的似乎伸出手來，要招致他來購買它。他心裡強烈的燃著購買的願望，什麼宛眉的責難，經濟的籌劃，他都不計及了，然他表面上卻仍裝出可買可不買的樣子。

「書實在不壞，只是價錢太貴了，不讓些是難成交的。這種玩玩的書，我倒不一定要買，如果便宜了，便買，貴了，犯不著買，只好請你們送書別家去吧。」

老闆道：「價錢是實實的，一個也不能讓。不瞞您說，《隋唐演義》我是花了二十五塊錢買下的，《浣紗記》是我花了四十塊錢買下的，《隋煬豔史》卻花了我五十塊錢，都是從一個公館裡買來的。除了我，別一家真不肯出那末大的價錢去買它們的。我辛苦了一場，二三十塊錢，您總要給我賺的。這一次您別讓價了。下次別的交易上，我們吃虧些倒可以。這次委實是來價太貴，不能虧本賣出。」

他明曉得禿頭老闆說的是一派謊話，卻不理會他，假裝著不熱心要買的樣子，說道：「那末，請你的夥計明天到我公事房裡把頭本拿去吧。太貴了，我買不起。」

老闆沈下臉，好像失望的樣子，說道：「您說說看，能出多少錢？」

「一百塊錢，三部書，《隋煬豔史》要襯訂過。」

老闆搖搖頭道：「不成，不成，實在不夠本錢。我本沒有向您要過虛價。對不起，請您作成了我，不要讓價了。大家是老交易，不瞞您說，有好書我總是先送給您看的。」

他很為難，想不到老闆這樣強硬，知道價是一定不能多讓的了。

「那末，多出了十塊錢，一百十塊，不能再多了。我向來是很直爽的，不喜歡多講價。」

「是的，我曉得您。不過這一次委實是吃虧不起。您是老顧主，既然如此，我也讓去十塊錢吧，一共一百四十塊。不能再吃虧了。」

他懶懶的走到店門口，跨足要到街上去。心裡卻實實的歡喜這幾部書，生怕被別人搶奪去了。「我再加十塊錢，一共一百二十塊，不能再加了。」

「相差有限，請你再加十塊錢，一百三十塊，就把書取去吧。」

他知道交易可成了，只搖搖頭，仍欲跨出店門，「一個錢也不能再加了，實在不便宜了。」

老闆道：「好了，好了，大家老交易，替您包好了，《隋煬豔史》先放在這裡，訂好了再送上。」

夥計把《隋唐演義》、《浣紗記》包好了遞給他，說道：「我替您老人家叫車去，是不是回家？」

他點點頭，夥計叫道：「黃包車！海格路去不去？多少錢？」

「今天錢沒有帶來，隔幾天錢取來再給你吧。」他對老闆道。

「不要緊，不要緊，您隨便幾時送下都可以。」老闆恭敬的鞠躬一下，幾乎有九十度的彎下，光光的禿頭，全部都顯現出，送到門口，又鞠躬了一下，看他上車走了才進去。

他如像從前打得了一次勝仗，占了敵國一大塊土地似的喜悅著，雙手緊緊的抱著那一包書。別的問題一點也沒有想起。

他到了家，坐在書桌上，只管翻閱新買來的幾部書，心裡充滿了喜悅，也沒有想起他的妻在外打牌的事。平常時候的等待時的焦悶與不安，這時如春初被日光所照射的殘雪，一時都消融不見了。「實在買得不貴，」他自想著。

閱了許久，許久，才突然的想起了經濟的問題。「怎麼樣呢？一百二十塊錢，一塊都還沒有著落呢！」他時時的責怪自己的冒失，沒有打算到錢，卻敢於去買書。自己暗暗的苦悶著後悔著，想同宛眉商議。又怕她生氣，責備。

他從來沒有開口向過人借錢，這時卻不由得不想到「借」的一條路上去了。這是一條唯一的救急的路。

向誰去借呢？叫誰去借呢？他自己永沒有向人開口過，實在說不出，只好請宛眉去。

這一次已經買了，總得還錢，挨些氣也無法。叫她到五姨那裡去借，五姨沒有，再向二舅去，總可以有。「唉，這樣的盤算著，真是苦惱！下次再不冒失去買書了！」

懶懶的在燈下翻著新買的書，擔著一肚子的憂苦，怕宛眉回來聽了，要大怒起來，不肯去借。

嗒、嗒、嗒，門環響著，他知道是他的妻回來了。他心臟加速的猛烈的跳著。「蔡嫂，開門，開門！」他的妻如常的叫道。

蔡嫂開了門，她匆匆的走進房，見他獨坐在燈下，問道：「清，你還沒有睡？在看書麼？」他點點頭，懷著一肚子鬼胎。她走近他，俯頭吻了他一下，回頭見書桌上放著一堆書，問道：「你又買了書麼？」他點點頭，心裡擾亂起來。

「多少錢？你昨天說身邊一個錢也沒有了，怎麼又有錢去買書？是賒帳的麼？千萬不要在外面賒帳！你又沒有額外的收入，這一筆帳怎麼還法？唉！又買書！」見他呆呆的如有所思的坐在椅上，一句話不響，便著急的再追問道：「怎麼不說話？是不是賒帳買來的？回答一聲說：『不是，』也可以使我寬心些！」

他心上難過極了，如果有什麼地洞可逃，他一定逃下去了。她見他仍舊呆呆的坐在椅上不言語，便顫聲的說道：「唉！你還是不說話！想什麼心事！是不是賒帳買的？請你告訴我一聲！說，『不是，』說『不是！』唉！」

他硬了頭皮，橫了心，搖搖頭。她喜悅的說道：「那末，不是賒帳的了。是不是？」他點點頭。她向前雙手抱著他，說道：「好的清，我的清，這樣才對！買書不要緊，有多餘的錢時可以去買。千萬不要負債！」

他沉默著，什麼話都說不出口。

全夜在焦苦、追悔、自責中度過。

第二天清早，他起床了，他的妻還在睡。他們沒有說什麼話。午飯時，他回家吃飯。飯後，坐在書桌上翻閱昨夜買來的《隋唐演義》，一面翻著，一面想同他的妻說話，遲疑了半天，才慢吞吞嚅囁的說道：「你能否替我到五姨那裡借一百二十塊錢來？這幾天我要用。」他的眼不敢望著她，只凝視著書頁，一面手不停的在翻著，雖然假裝著很鎮定，心卻撲撲的跳著，等待她回答。

「什麼用，借錢？你向來沒有問過人借錢。」她詫異的問。

他不聲不響，手不停的翻著書頁。

「什麼用要借錢？你說，你說！不說用途，我不去借。」

他只是不聲不響，眼望著書頁。

「曉得了，是不是要借去買書，還書店的帳？除此之外，你不會有別的用途。」

他點點頭，等候她的責備。真的她生氣起來，把桌上的書一本一本的抛在地上，「一天到晚只想買書！這個脾氣老是不改，我已不知勸說了多少次了！唉，唉！最好把飯錢房錢也都買書去，大家餓死就完了，」她伏著頭在桌上，聲音有些哽咽。他心裡很難過，俯下身去拾書，說道：「不要把這些書糟蹋了，價錢很貴呢。」

她抬起頭來問道：「多少錢？是不是借錢就去買這些書？」

他點點頭，承認道：「是的。」把一本書拿到她面前，指點給她聽，「共買了三部書，實在不貴，一百二十塊錢。你看，這些畫多末工致！如果我肯轉賣了，一定可以賺錢。」

她不聲不響，接過了書翻了一會。她的眼凝注著他的臉，見他愁眉不展的樣子，心裡委實不忍。她的氣平下去了，嘆了一口氣道：「為了買書去借錢，唉，下次再不可如此了。沒有錢便不要買。欠帳是最不好的事！這次我替你去借借看。五姨也不是很有錢的，姨夫財政部裡的薪水又幾個月沒有發了。能不能借來，還是一個問題呢。」

他臉上露出一線寬慰的笑容。「五姨那裡沒有，二舅那裡去問問，他一定會有的。」

「你下次再不可這樣冒失的去買書了。」她再三的吩咐著。

他點點頭，不停手的在翻著書頁。似乎一塊大石已在心上落下。

書之幸運

淡漠

淡漠

她近來漸漸的沈鬱寡歡，什麼也懶得去做，平常最喜歡聽的西洋文學史的課，現在也不常上堂了。平常她最活潑，最願意和幾個同學在草地上散步，或是沿著柳蔭走著，或是立在紅欄杆的小橋上，凝望著被風吹落水面的花瓣，隨著水流去。現在她只整天的低了頭坐著，懶說懶笑的，什麼地方也不去走。她的同學們都覺察出她的異態。尤其是她最好的女同學梁芬和周妤之替她很擔心，問她又不肯說什麼話。任她們說種種安慰的話，想種種法子去逗她開心，她只是淡漠的毫不受感動。

有一天，梁芬手裡拿著一封從上海來的信，匆匆的跑來向她說道：

「文貞，你的芝清又有信給你了，快看，快看！」

她懶懶的把信接過來，拆開看了，也不說什麼話，便把它塞在衣袋裡。

梁芬打趣她道：「怎麼？芝清來信，你應該高興了！怎麼不說話？」

她也不答理她，只是搖搖頭。

梁芬覺得沒趣，安慰了她幾句話，便自己走開去了。

她又從衣袋裡把芝清的信取出看了一遍，覺得無甚意思，便又淡漠的把它拋在桌上。無聊的煩悶之感，如黴菌似的爬占在她的心的全部。桌上花瓶裡插著幾朵離枝不久的紅玫瑰花，日光從綠沈沈的梧桐樹陰的間隙中射進房裡，一個校役養著的黃鶯的鳥籠，正掛在她窗外的樹枝上，黃鶯在籠裡宛轉的吹笛似的歌唱著。她什麼也聽不見，看不見，只是悶悶的沈入深思之中。

她自己也深深的覺察到自己心的變異。她不知道為什麼近來淡漠之感，竟這樣堅固而深刻的攀據在她的心頭？她自己也暗暗的著急，極想把它泯滅掉。但是她愈是想泯滅了它，它卻愈是深固的占領了她的心，如午時山間的一縷炊煙，總在她心上裊裊的吹動。

她在半年以前，還是很快活的，很熱情的。

她和芝清認識，是兩年以前的事。那時他們都在南京讀書。芝清是南京學生聯合會主席，她是女師範的代表。他們會見的時候很多，談話的機會也很多。他們都是很活潑，很會發議論的。芝清主張教育是神聖的事業，我們無論是為了人類，為了國家，都應該竭力去倡辦一種理想的學校，以教育第二代的人民。有一次，他們坐在草地上閒談，芝清又慨然的說道：

「我家鄉的教育極不發達，沒有人肯犧牲了他的前途，為兒童造幸福。所有的小學教員，都是家貧不能升學，借教育事業以搪塞人家，以免被鄉人譏為在家坐食的。他們哪裡會有真心，又哪裡有什麼學識辦教育？我畢業後定要捐棄一切，專心在鄉間辦小學。我家有一所房子，建築在山上，四面都是竹林圍著，登樓可以望見大海。溪流正經過門前，坐在溪旁石上，可以看見溪底的游魚；夏天臥樹陰下，靜聽淙淙的水聲，真是『別有天地非人間』，屋後又有一塊大草地可以做操場，真是天然的一所好學校呀！只……」他說時，臉望著她，如要探索她心裡的思想似的。停了一會，便接下去說道：

「只可惜同志不容易找得到。在現在的時候，誰也是為自己的前途奔跑著，鑽營著，豈肯去做這種高潔的事業呢？文貞！你畢業後想做什麼呢？」

她低了頭並不回答他，但心裡微微的起了一種莫名的擾動，她的臉竟漲得紅紅的。

沉默了一會，她才低聲說道：

「這種理想生活，我也很願意加入。只不知道畢業後有阻力沒有？」

芝清的手指，這時無意中移近她的手邊，輕輕的接觸著，二人立刻都覺得有一種熱力沁入全身心，臉都變了紅色。她很不好意思的慢慢的把手移開。

經了這次談話後，他們的感情便較前摯了許多。同事的人，看見這種情形，都紛紛的議論著。他們只得竭力檢點自己的行跡，見面時也不大談話；只是通信卻較前勤得多了，幾乎每天都有一封信來往。

他們心裡都感到一種甜蜜的無上的快樂。同時，卻因不能常常見面，見面時不能談話，心裡未免時時有點難過。

她從他的朋友那裡，得到他已經結過婚的消息。他也從她的朋友那裡，知道她是已經和一位姓方的親戚訂過婚的。雖然他們因此都略略的有些不高興，都想竭力的各自避開了，預防將來發生什麼惡果，然而他們總不能祛除他們的戀感，似乎他們各有一絲不可見的富於感應的線，繫住在彼此的心上。愈是隔離得久遠，想念之心愈是強烈。

時間流水似的滾流過去，他們的這種戀感，潛入身心也愈深愈固。他們很憂懼，預防這惡果的實現，只是時間上的問題。他們似乎時時刻刻都感有一種潛隱的神力，要推逼他們成為一體。他們心裡時時刻刻都帶著淒然的情感。各有滿肚子的話要待見面時傾吐，而終無見面的機會。便是見面了，也不像從前的健談，誰都默默的，什麼話也說不出，四目相對了許久，到了別離時，除了虛泛的問答外，仍舊是一句要說的話也沒有訴說出來。

他們都覺得這種情況是絕不能永久保持下去的。

他們便各自進行，要把各自的婚姻問題先解決了。在道德上，在法律上，都是應該這樣做的。

他的問題倒不難解決，他的妻子是舊式的婦人。當他提出離婚的要求時，她不反抗，也不答應，只是低聲的哭，怨嘆自己的命運。後來他們的家庭被芝清逼促得無可如何，便由兩方的親友出面，在表面上算是完全答應了芝清的要求。不過她不願意回娘家，仍舊是住在他的家裡，做一個食客。芝清的事總算是宣告成功了。

解決她的問題，卻有些不容易。她與她的未婚夫方君訂婚，原是他們自己主動的。他們是表兄妹。她的母親是方君的二姨母。他們少時便在一起遊戲，在同一的私塾裡讀書。後來他們都進了學校。當他在中學畢業時，她還在高等小學二年級裡讀書。

五年前的暑假，他們同在他們的外祖父家裡住。這時她正考好畢業。他們互相愛戀著。他私向她求婚，她羞澀的答應了他。後來他要求他母親向姨母提求正式婚議，她們都答應了。他們便訂了正式的婚約。她很滿意；他在本城是一個很活動的人物，又是很有才名的。

暑假後，她很想再進學校，他便極力的幫助她。她到了南京，進了女子師範。他們的感情極好，通信極勤。遇到暑假時，便回家相見。

自五四運動爆發後，他們的這種境況便完全變異了。她因為被選為本校的代表，出席於學生會之故，眼光擴大了許多，思想也與前完全不同，對於他便漸漸的感得不滿意。後來她和芝清發生了戀愛，對於他更是隔膜，通信也不如從前的勤了。他來了三四封信，她總推說學生會事忙，只寥寥的勉強的覆了幾十字給他。暑假裡也不高興回去。方君寫了一封極長的信給她，訴說自己近來生了一場大病，因為怕她著急，所以不敢告訴她。現在已經好了，請她不要罣念。又說，他現在承縣教育局的推薦，已被任為第三高等小學的校長。極希望她能夠在假期內回來一次。他有許多話要向她訴說呢！但她看了這封信後，只是很淡漠的，似乎信上所說的話，與她無關。她自己也覺得她的感情現在有些變異了！她很害怕；她知道這種淡漠之感是極不對的，她也曾幾次的想制止自己的對於芝清的想念，而竭力恢復以前的戀感。但這是不可能的。她愈是搜尋，它愈是逃匿得不見蹤痕。

她在良心上，確然不忍背棄了方君，但同時她為將來的一生的幸福計，又覺得方君的思想，已與自己不同，自己對於他的愛情又已漸漸淡薄，即使勉強結合，將來也絕不會有好結果的；似不應為了道德的問題，犧牲自己一生的幸福。

這種道德與幸福的交鬥，在她心裡擾亂了許久。結果，畢竟是幸福戰勝了。她便寫了一封信，說了種種理由，告訴方君，暑假實不能回去。

她與芝清的事，漸漸的由朋友之口，傳入方君之耳，他便寫了許多責難的信來。這徒然增加她對他的惡感。最後，她不能再忍受，便詳詳細細的寫了一封長信，述說自己的思想與志願，並堅決的要求他原諒她的心，答應她解除婚約的要求。隔了幾天，他的回信來了，只寫了幾個字：

「玉已缺不能復完，感情已變不能復聯。解除婚約，我不反對。請直接與母親及姨母商量。」

這又是一個難關。親子的愛與情人的愛又在她心上交鬥著。她知道母親和姨母如果聽見了這個消息一定要十分傷心的。她不敢使她們知道，但又不能不使她們知道。躊躇了許久，只得硬了頭皮，寫信告訴她母親與表兄解約的經過。

她母親與她姨母果然十分傷心，寫了許多信勸他們，想了種種方法來使他們復圓，後來還是方君把一切事情都對她們說了，並且堅決的宣誓不願再重合，她們才死了心，答應他們的解約。

他們的問題都已解決，便脫然無累的宣告共同生活的開始。

雖然有許多人背地裡很不滿他們的舉動，但卻沒有公然攻擊的。他們對於這種誹議，卻毫不介意；只是很順適的過著他們甜蜜美滿的生活。

他們現在都相信人生便是戀愛，沒有愛便沒有人生了。他們常常坐在一張椅上看書，互相偎靠著，心裡甜蜜蜜的。有的時候，他們乘著晴和的天氣，到野外去散步。菜花開得黃黃的，迎風起伏，如金色的波浪。野花的香味，一陣陣的送來，覺得精神特別爽健。他們這時便開始討論將來的生活問題，憑著他們的理想，把一切計畫都訂得妥當。

一年過去，芝清已經畢業了。上海的一個學校，校長是他很好的朋友，便來請他去當教務主任。

「去呢，不去呢？」這是他們很費躊躇的問題。她的意思，很希望他仍在南京做事，她說：

「我們的生活，現在很難分開。而且你也沒有到上海去的必要。南京難道不能找到一件事麼？你一到上海，恐怕我們的計畫，都要不能實現了，還有……」

她說到這裡，呑吐的說不出話來，眼圈紅了，怔視著他，像臥在搖籃裡的嬰孩渴望他母親的撫抱。隔了一會，便把頭伏在他身上，泣聲說道：「我實在離不開你。」

他的心擾亂無主了。像拍小孩似的，他輕輕的拍著她的背臂，說道：「我也離不開你，這事，我們慢慢的再商量罷。」她抬起頭來，他們的臉便貼在一起，很久很久才離開了。

他知道在南京很不容易找到事，就找到事也沒有上海的好。不做事原是可以，不過學校已經畢業，而再向家裡拿錢用，似乎是不很好出口。因此，他便立意要到上海去。她見他意向已決，便也不再攔阻他，只是心裡深深的感到一種不可言說的悽慘，與從未有過的隔異。因此，不快活了好幾天。

芝清走了，她寂寞得心神不定，整天的什麼事也不做，課也不上，只是默默的想念著芝清，每天都寫了極長的甜蜜的信給芝清，但是要說的話總是說不盡。起初，芝清的來信，也是同樣的密速與親切。後來，他因為學校上課，事務太忙，來信漸漸的稀少，信裡的話，也顯得簡硬而無情感。她心裡很難過，終日希望接得他的信，而信總是不常來；有信來的時候，她很高興的接著讀了，而讀了之後，總感得一種不滿足與苦悶。她也不知道這種情緒，是怎樣發生的。她原知道芝清的心，原想竭力原諒他的這種簡率，但這種不滿之感，總常常的魔鬼似的跑來叩她的心的門，任怎樣也斥除不去。

半年以後，她也畢業了。為了升學與否的問題，她和芝清討論了許久許久。她的意見，是照著預定的計畫，再到大學裡去讀書，而芝清則希望她就出來做事，在經濟上幫他一點忙。他並訴說上海生活的困難與自己勤儉不敢糜費，而尚十分拮据的情形。她很不願意讀他這種訴苦的話。她第一次感到芝清的變異和利己，第一次感到芝清現在已成了一個現實的人，已忘淨了他們的理想計畫。她想著，心裡異常的不痛快。雖然芝清終於被她所屈服，然而二人卻因此都未免有些芥蒂。她尤其感得痛苦。她覺得她的信仰已失去了，她的前途已如一片紅葉在湍急的濁流上飄泛，什麼目的都消散了。由徬徨而消極，而悲觀，而厭世，思想的轉變，如夏天的雨雲一樣快，此後她一個活潑潑的人便變成了一個深思的憂鬱病者。

有一天，她獨自在房裡，低著頭悶坐著，覺得很無聊，便提起筆來寫了一封信給芝清：

我現在很悲觀！我正徘徊在生之迷途。我終日沈悶的坐在房裡，課也不常去上；便走到課堂裡，教師的聲音也如蠅蚊之鳴，只在耳邊擾叫著，一句也領會不得。

我竭力想尋找人生的目的，結果卻得到空幻與墳墓的感覺；我竭力想得到人生的趣味，卻什麼也如飲死灰色的白湯，不惟不見甜膩之感，而且只覺得心頭作惡要吐。

唉！芝清，你以為這種感覺有危險麼？是的，我自己也有些害怕，也想極力把它撲滅掉。不過想盡了種種方法，結果卻總無效，它時時的來鞭打我的心，如春燕的飛來，在我心湖的綠波上，輕輕的掠過去，湖面立刻便起了圓的水紋，擴大開去，漾蕩得很久很久。沒等到水波的平定，它又如魔鬼，變了一陣的涼颸。把湖水又都吹皺了。唉！芝清，你有什麼方法，能把這個惡魔除去了呢？

親愛的芝清，我很盼望你能於這個星期日到南京來一次。我真是渴想見你呀！也許你一來，這種魔鬼便會逃去了。

這幾天南京天氣都很晴明，菊花已半開了。你來時，我們可以在菊園裡散步一會，再到梧村吃飯。飯後登北極閣，你高興麼？

她寫好了，又想不寄去；她想芝清見了信，不見得便會對她表親切的同情吧！雖然這樣想，卻終於把信封上了，親自走到校門，把信抛入門口的郵筒裡。

她渴盼著芝清的覆信。隔了兩天，芝清的信果然來了。校役送這信給她時，她手指接著信，微微的顫抖著。

芝清的信很簡單，只有兩張紙。她一看，就有些不滿意；他信裡說，她的悲觀都因平日太空想了之故。人生就是人生，不必問它的究竟，也不必找它的目的。我們做一天和尚撞一天鐘，低著頭辦事，讀書，同幾個朋友到外邊去散步遊逛，便什麼疑問也不會發生了。又說，上海的生活程度，一天高似一天。他的收入卻並不增加，所以近來經濟很困難。下月寄她的款還正在籌劃中呢。南京之行。因校務太忙，恐不能如約。

她讀完這封無愛感，不表同情的信，心裡深深的起了一種異樣的寂寞之感，把抽屜一開，順手把芝清的信拋進去。手支著頤，默默的悲悶著。

她現在完全失望了，她感得自己現在真成了一個孤寂無侶的人了；芝清，她現在已確然的覺得，是與她在兩個絕不相同的思想世界上了。

此後，她便不和芝清再淡起這個問題。但她不知怎樣，總渴望的要見芝清。連寫了幾封信約他來，才得到他一封答應要於第二天早車來的快信。

第二天她起得極早，帶著異常的興奮，早早的便跑到車站上去接芝清。時間特別過去得慢；好容易才等到火車的到站。她立在月臺上，靠近出口的旁邊，細細的辨認下車的人。如蟻般的人，一群群的走過去，只看不見芝清。月臺上的人漸漸的稀少了，下車的人，漸漸都走盡了。她又走到取行李的地方，也不見芝清，「難道芝清又爽約不成麼？也許一時疏忽，不曾見到他，大概已經下車先到校裡去了。」她心裡這樣無聊的自慰著。立刻跑出車站，叫車回校。到校一問，芝清也沒有來。她心裡便強烈的感著失望的憤怒與悲哀。第二天芝清來了一封信，說因為校裡有緊急的事要商量，不能脫身，所以爽約，請她千萬原諒。她不理會這些話，只是低著頭自己悲抑著。

她以後便不再希望芝清來了。

她心裡除了淡漠與悽慘，什麼也沒有。她什麼願望都失掉了。生命於她如一片枯黃的樹葉，什麼時候離開枝頭，她都願意。

淡漠

失去的兔

失去的兔

「賊如果來了，他要錢或要衣服，能給的，我都可以給他。」

一家人飯後都坐在廊前太陽光中，雖是十月的時候，天氣卻不覺十分冷。太陽光晒在身上，透進一縷舒適的暖意。微風吹動翠綠的竹，長竿和細碎的葉的影子也跟了在地上動搖著。兩隻紅眼睛的白兔，還有六隻小兔，在小小的園中東奔西跑的找尋食物。我心裡很高興，微笑的對著大家忽然談起賊的問題。

二妹搖搖頭笑道：「世界上難有這樣的好人。」

母親笑道：「你哥哥他真的會做出來。前年，我們剛搬到這裡來時，正是夏天，他把樓上的窗戶都洞開了，一點警戒的心也沒有。一個多月沒有失去一件東西。他大意的說道：『這裡倒還沒有賊。』不料到了有一天晚上，忽然被賊不費力的偷去了一件春大衣，兩套嗶嘰的洋裝，一件羽毛紗的衣服，還有一個客人的長衫。明早他起來了，不見了衣服，才查問起來，看見樓廊上有一架照相箱落下，是匆促中來不及偷走的，欄杆外邊的緣檐上有一塊橡皮底鞋的印紋。他才知道了賊是從什麼地方上來的。但他卻不去報巡警，說道：『不要緊，讓他拿去好了，我還有別的衣服穿呢。』你們看他可笑不可笑。後來賊被捉了在警局裡招出偷過某處某處。於是巡警把他們帶來這裡查問。一個是平常做生意人的樣子，一個是很老實的老頭子，如一個鄉下初上來的愚笨的底下人。你哥哥道：『東西已被偷去了，錢已被花盡了。還追問他們做什麼？』巡警卻埋怨他一頓，說他為什麼不報警局呢。」

三妹道：「哥哥對衣服是不稀罕的，偷去了所以不在意。如果把他的書偷走了，看他不暴怒起來才怪呢！前半個月，我見他要找一本書找不到，在亂罵人，後來才記起來被一個朋友帶走了。他咕咕絮絮的自言自語道：『再不借人了，再不借人了。自己要用起來，卻不在身邊！』」她一邊說，一邊學著我著急的樣子，逗引得大家都笑了。

祖母道：「你哥哥少時候真有許多怪脾氣。他想什麼，真會做出什麼來呢。」

我正色的說道：「說到賊，他真不會偷到書呢！偷了書，又笨重，又賣不得多少錢。不過我對於賊，總是原諒他們的。人到了肚皮餓得叫著時，什麼事做不出來。我們偶然餓了一頓，或遲了一刻吃飯，已經忍耐不住了，何況他們大概總是餓了幾頓肚子的，如何不會迫不得已的去做賊。有一次，我在北京，到琉璃廠書店裡去，見一部古書極好，便買了下來，把身上所有的錢都用盡了，連回家的車錢都沒有了。近旁又無處可借。那時恰好是午飯時候，肚裡飢餓得好像有蟲要爬到嘴邊等候著食物的入口。我勉強的沿路走著。見一路上吃食店裡坐客滿滿的，有的吃了很滿足的出來，有的驕傲的走了進去。我幾次也想跟了他們走進，但一摸，衣袋裡是空空的，終於不敢走進。但看見熱氣騰騰的饅頭餃子陳列在門前，聽見廚房裡鐵鏟炒菜的聲音，鐵鍋打得嗒、嗒的聲音，又是夥計們：『火腿白菜湯一碗，冬菜炒肉絲一盤，烙餅十個，多加些兒油』的叫著，益覺得肚裡飢餓起來，要不是被『法律』與『羞恥』牽住了，我那時真的要進去白吃一頓了。以此推之，他們餓極了的人，如何能不想法子去偷東西！況且，他們偷東西也不是全沒有付代價的。半夜裡人家都在被窩中暖暖的熟睡著，他們卻戰戰瑟瑟的在街角巷口轉著。審慎了又審慎，遲疑了又遲疑，才決定動手去偷。爬牆，登屋，入房，開箱，冒了多少危險，費了多少氣力，擔了多少驚恐。這種代價恐怕萬非區區金錢所能抵償的呢。不幸被捉了，還要先受一頓打，一頓吊，然後再坐監中幾個月或幾年。從此無人肯原諒他，無人肯有職業給他。『他是做過賊的，』大家都是如此的指目譏笑著他，且都避之若虎狼。其實他們豈是甘心作賊的！世上有許多人，貪官、軍閥、奸商、少爺等等，他們卻都不費一點力，不擔一點驚，安坐在家裡，明明的劫奪、偷盜一般人民的東西，反得了榮譽、恭敬，挺胸凸腹的出入於大聚會場，誰敢動他們一根小毫毛。古語說，『竊鉤者誅，竊國者侯』真是不錯！」我越說越氣憤，只管侃侃的說下去，如對什麼公眾演說似的。

「哥哥在替賊打抱不平呢，」三妹道。

「你哥哥的話倒還不錯，做了賊真是可憐，」祖母道。

「況且，賊也不是完全不能感化的。某時，有一個官，知道了家裡梁上有賊伏著，他便叫道：『梁上君子，梁上君子，請你下來，我們談談。』賊怕得了不得，戰戰兢兢的下梁來，跪在他面前求赦。他道：『請起來。你到這裡來，自然是迫不得已的。你到底要用多少錢，告訴我，我可以給你。』這個出於意外的福音，把賊驚得呆了，他一句話也說不出，半晌，才囁嚅的說道：『求老爺放了我出去，下次再不敢來了。』某官道：『不是這樣說，我知道你如果不因為沒有飯吃，也絕不至於做賊的。』說時，便踱進了上房，取出了十匹布，十兩銀子，說道：『這些給你去做小買賣。下次再不可做這些事了。本錢不夠時，再來問我要。』賊帶了光明有望的前途走了回去，以後便成了一個好人。我還看了一部法國的小說。它寫一個流落各地的窮漢，有一次被一個牧師收在他家裡過夜。他半夜時爬起床來偷了牧師的一隻銀燭臺逃走了。第二天，巡警捉了這個人到牧師家裡來，問牧師那只燭臺是不是他家的。牧師笑道：『是的，但我原送給他兩支的，為什麼他只帶了一支去？』這個流浪人被感動得要哭了。後來，改姓換名，成為社會中一個很著名的人物。可知人原不是完全壞的，社會上的壞人都是被環境迫成的。」

大家都默默無語，顯然的是都同情於我的話了。太陽光還暖暖的晒著，竹影卻已經長了不少。祖母道：「坐得久了，外面有風，我要進去了。」

母親，二妹，三妹都和祖母一同進屋去了，廊上只有我和妻二人留著。

失去的兔

「看那小兔，多有趣，」妻指著牆角引我去看。

約略只有大老鼠大小，長長的兩隻耳朵，時時聳直起來，好像在聽什麼，渾身的毛，白得沒有一點汙瑕，不像牠們父母那末樣已有些淡黃毛間雜著，兩隻眼睛紅得如小火點一樣，正如大地為大雪所掩蓋時，雪白的水平線上只露出血紅的半輪夕陽。我沒有見過比牠們更可愛的生物。牠們有時分散開，有時奔聚在母親的身邊，有時牠們自己依靠在一處，牠們的嘴，互相磨擦著，像是很友愛的。有時，牠們也學大兔的模樣，兩隻後足一彈，跳了起來。

「來喜，拿些菠菜來給小兔吃，」妻叫道。

菠菜來了，兩隻大兔來搶吃，小兔們也不肯落後，來喜把大兔趕開了，小兔們也被嚇逃了。等一刻，又轉身慢慢的走近來吃菜了。

「看小兔，看小兔，在吃菜呢。」幾個鄰居的孩子立在鐵柵門外望著，帶著好奇心。

妻道：「天天有許多人在門外望著，如不小心，恐怕要有人來偷我們的兔子。」

「不會的，不會的，他們爬不進門來，」我這樣的慰著妻，但心裡也怕有失，便叫道：「根才，根才，晚上把以前放兔子的鐵籠子仍舊拿出來，把兔子都趕進籠裡去。散在園裡怕有人要偷。」根才答應了。

第二天早晨，我下了樓，第一件事便是去看兔子，但是園裡不見一隻兔子的影子。再找兔籠子也不見了。

「根才，根才，你把兔籠放在哪裡去了？」我吃驚的叫著。

「根才不在家，買小菜去了，」張嫂答應道。

「你曉得根才把兔籠子放在哪裡？」我問張嫂。

「我不曉得。昨天晚上聽見根才說，把兔子趕了半天，才一隻一隻捉進籠去。後來就不曉得他把籠子放在哪裡了，」張嫂答道。

我到處的找，園中，廊上，廳中，廚房中，後天井，晒臺上，書房中，各處都找遍了，兔子既不見一隻，兔籠子也無影無蹤。

「該死，該死！一定被什麼賊連籠偷走了。」我開始有些憤急了。妻和三妹也下樓來幫我尋找，來喜也來找。明知這是無益的尋找，卻不肯就此甘心失去。

我躺在書房中的沙發上，想念著：大兔們還不大可惜，小兔們太可愛了，剛剛是最有趣的時期，卻被偷走了。賊呀！該死！該死！為什麼不偷別的，卻偷了兔去！能賣得多少錢？為什麼不把兔拿回來換錢？巡警站在街上做什麼的？見賊半夜三更提了兔籠走，難道不會阻止。根才也該死，為什麼不把兔籠放到廳上來？

失去的兔

我詛咒賊，怨恨賊，這是第一次。我失了衣服，失了錢，都不恨；但這一次把可愛的小兔提走了，我卻痛痛的恨怒了他！這個損失不是金錢的損失！

……唉，大姊問我們要過，二妹的朋友也問我們要過，我都託辭不肯給，如今全都失去了。早知這樣，還是分給人家的好。

「一定沒有了，一定被賊偷去了！都是你！你昨天如果不叫根才把兔都捉進籠，一定不會全都失去的！散在園中，賊捉起來多末費力，他們一定不敢來捉的。現在好了，籠子，兔子，一籠子都被捉去了。倒便宜了賊，替他裝好在籠子裡，提起來省力！」妻在尋找了許久之後，也進了書房，帶埋怨似的說著。我兩手捧著頭，默默無言。

「小兔子，又有幾隻，一隻，二隻，」是來喜的聲音，在園中喊著，我和妻立刻跳起來奔出去看。

「什麼，小兔子已經找到了麼？」我叫問著，心裡突突的驚喜的跳著。

「不是的，是第二胎的小兔子，還很小呢，只生了兩隻，」來喜道。

牆角的瓦堆中，不知幾時又被大兔做了一個窩，底下是用稻草墊著，草上鋪了許多從母兔身上落下的柔毛，上面也是柔毛，做成了一個穹形的頂蓋，很精巧，很暖和，兩隻極小的小兔，大約只有小白鼠大小，眼睛還沒有睜開，渾身的毛極薄極細，紅的肉色顯露在外，柔弱無能力的樣子，使人一見就難過。

又加了一層的難忍的痛苦與悲憫！

母兔去了，誰給牠們乳吃呢？難道看牠們生生的餓死！該死的賊，該殺的賊，這簡直是犯了萬惡不可赦的謀殺罪！

「根才怎麼還不回來！快去叫巡警去，一定要捉住這偷兔賊，太可恨了！叫他們立刻去查！快些把母兔捉回來！」我憤急的叫著。

「唉！只要賊肯把兔子送回呀，什麼價錢都肯出，並且絕不追究他的偷竊的罪！」我又似對全城市民宣告似的自語著。

我們把那兩隻可憐的小兔從瓦堆中捉出，放在一個竹籃中，就當作牠們的窩。

我不敢正眼看牠們那種柔弱可憐的慘狀。

「快些倒點牛奶給牠們吃吧！」我無望的，姑且自慰的吩咐道。

「沒有用，沒有用，牠們不肯吃的。」張嫂道。

我著急的叫道：「不管牠們吃不吃，你去拿你的好了；不能吃，難道看牠們生生的餓死！」

「少爺要，你去拿來好了。」妻說道。

牛奶拿來了，我把牠們的嘴放在奶盤中。好像牠們的嘴曾動了幾動，後來又匍匐的渾身抖戰的很費力的爬開了，毫沒有要吃的意思。我搖搖頭，什麼方法也沒有。

根才在大家忙亂中提了一大盤小菜進來。

「根才，你把兔籠子放在哪裡的？」我道。

「根才，兔子連籠子都不見了！」妻道。

根才惶惑的說道：「我把牠放在廊前的，怎麼會被偷了？」

我怒責道：「為什麼放在廊前？為什麼不取來放在客廳上？現在，你看，」我手指著那兩個未睜開眼睛的小兔說，「這兩隻小兔怎麼辦？都是你害了牠們！」

根才無話可答，只搖搖頭，半晌，才說道：「平日放在園中都不會失去。太小心了，反倒不好了。」

我走進書房，取了一張名片，寫上幾個字，叫根才去報巡警，請他們立刻去找。

根才回來了，帶了一句很簡單的話來：「他們說，曉得了。」

我心裡很不高興。妻道：「時候不早了，你到公事房去吧。」

在公事房裡，我無心辦事，一心只記念著失去的兔，尤其是那兩隻留存的未睜眼的小兔。我特地小心的去問好幾個同事，有什麼方法可以養活牠們，又到圖書館，立等的借了幾冊論養兔的書來，他們都不能給我以一點光明。

午飯時，到了家，問道：「小兔呢？怎麼樣了？」

「很好，還活潑。」妻道。

竹籃上蓋了一張報紙，兩隻小兔在報紙下面沙沙的掙爬著，我不忍把報紙揭開來看。

下午，巡警還沒有什麼消息報告給我們。我又叫根才去問他們一趟。警官微笑的說道：「兔子麼？我們一定代你們慢慢的查好了，不過上海地方太大了，找得到否，我們也不知道。」

要他們用心去找是無望的了。他們怎麼肯為了幾隻兔子去探訪呢？

姊夫來了，他的家住在西門，我特地托他到城隍廟賣兔的地方去看看，有沒有像我們家裡的兔在那裡出賣。

又一天過去了，姊夫來說，那裡也沒有一毫的影跡。恐怕是偷兔的人提了籠沿街叫賣去了。

兩隻小兔還在竹籃中沙沙的掙爬著。我一點方法也沒有。又給牛奶牠們吃，強灌了進去，不久又都吐了出來。

「唉，無望，無望！」我這樣的時時嘆息著。

祖母不敢來看小兔子，只說，「可憐，可憐，快些給牠們奶吃。」

母親拿了牛奶去灌了牠們幾次，但也無用。

到了三天了，竹籃裡賺爬的聲音略低了些，我曉得這兩個小小的可憐的生物，臨命之期不遠了。但我不敢揭開報紙的蓋去望望牠們。

「有一隻不能動了，快要死了，還有一隻好一點，還能夠在籃上掙爬。」午飯時三妹見了我這樣說。

我見來喜用火鉗把倒死在地上的那隻小兔鉗到外面。妻掩了臉不敢看，我坐在沙發上嘆息。

「賊，可詛咒的賊！唉，生生的餓死了這兩隻可憐的生物，真是萬死不足以蔽辜！只要我能捉住你呀，……」我緊緊的握著雙拳，這樣想著。如果賊真的到了我的面前，我一定會毫不躊躇的一拳打了下去。

再隔一天，剩下的那隻小兔也倒斃在竹籃中了。

「賊，該死的賊！……」我咬緊了牙根，這樣的詛咒著，不能再說別的話了。

「哥哥失了兔子，比失了什麼都痛心些；他現在很恨賊，大概不肯再替賊打抱不平了。」彷彿是三妹在窗外對著什麼人說道。

我心裡充滿了痛苦，悲憫，憤怒與詛咒，抱了頭默默的坐在書房中。

壓歲錢

壓歲錢

家裡的幾個小孩子，老早就盼望著大年夜的到來了。十二月十五，他們就都放了假，終日在家裡，除了溫溫書，讀讀雜誌，童話，或捉迷藏，踢毽子，或由大人們帶他們出去看電影以外，便夢想著新年前後的熱鬧與快活。他們聚談時，總提到新年的作樂的事，他們很早的就預算著新年數日間的計畫。

小妹最活潑，兩頰如蘋果般的紅潤，大哥一回家便不自禁的要去抱她，連連的親她，有時把她捉弄得著急起來要哭了，還不肯放鬆。她常拍著兩手，咕嘟著了愛的嘴，撒嬌似的說道：「姊姊，大年夜怎麼還不來？」三妹一年年的長大了，現在不覺得已是一個婀娜動人的女郎了，便應道：「不要性急！今天是十六，還有兩個禮拜就是大年夜了。」

說到大年夜，那真是兒童們最快樂的一夜。他們見到許多激動而有趣的事與物，他們圍著火堆，戴了花面具跳舞，他們有壓歲錢，這些錢可以給他們自由花用。一切都是有味的，都是蘊蓄無窮的樂趣的。

近二十時，家裡開始忙亂起來了，廚子買了許多雞鴨魚肉來；孩子們天天見他殺魚殺雞鴨，有的用鹽醃，有的浸在醬油中，都覺得是平常所未有過的。隔了幾天，瓦檐前已掛了許多臘貨來了。家裡個個人都忙著，二妹、三妹也去幫忙，只有小妹、小弟和倍倍旁觀著，有時帶著詫異的神情望著，有時卻不休的問著，問得大人們都討厭起來。

地板窗戶都揩洗過了，椅上也加了紅緞墊子，桌前圍了紅緞圍布，銅的錫的燭臺都用瓦灰擦得乾乾淨淨；這是張嬸、李嫂、來喜們的成績，母親也曾親自動手過。

大年夜一天天近了，孩子們一天天的益發高興起來。二十八日，廚子帶了一個大豬頭來，這引動了孩子們的好奇心，窩蜂似圍攏來看。母親叫張嬸取了一大盆水來，把豬頭放在水盆中，母親自己、來喜、張嬸和二妹，每個人都手執一把鉗子，去鉗豬頭上的細毛。費了半天的工夫才把豬頭鉗洗乾淨了。

二十九日，廚房裡燈火點得亮亮的，廚子和李嫂忙得沒有一刻空閒，他們在蒸米粉，做年糕。廚子拿了熱氣騰騰的大堆的糕團，在石臼中椿搥；孩子們見他執了大石搥，一下一下，很吃力的椿著，覺得他的氣力真是不可思議的大。椿完了，三妹首先問他要一點糕團來，掐做好些有趣的東西，人呀，兔呀，猴子呀，她都會做。小妹、小弟學樣，也去問廚子要糕團。

「你們也要做什麼？又不會做東西，」他故意的嗔責道。

小弟哭喪著臉，如受了重大打擊似的，一聲不響的站著，小妹卻生氣了。

「三姊有，我們為什麼沒有？你怎麼知道我不會做什麼？告訴媽媽去，你敢不給我！」

廚子帶笑的摘了兩小塊糕團給他們，一人給一塊，說道：「不要氣，同你玩玩，不要氣。」小弟還咯嘟著嘴不大高興。

大年夜終於到來了！

早上，一切的籌備都已就緒了。大家略略的覺得安閒些。大哥還要到公司裡去做半天工，因為要到下午才放假。店家要帳的人，陸續的來了，母親和嫂嫂一個個的付錢，把他們打發走。到了午後，母親在房裡包壓歲錢，嫂嫂和二妹、三妹在祖宗牌位前面擺設香爐燭臺；廚子在劈柴，一根根的劈得很細，來喜幫他把柴堆在天井中，很整齊的堆列著，由下堆到上。小妹、小弟和倍倍在房裡圍著大哥，搶著要他剛才買回家的種種花面具。

「我要那個紅臉的。」小弟道。

「我要那個白臉有長鬍子的。」小妹道。

倍倍伸了兩只小手道：「爹爹，我也要，我也要！」

大哥把紅臉的給小弟，白臉有鬚的給小妹，剩下一個黑臉的給倍倍。孩子們拿了花面具，立刻嘻嘻哈哈的帶到臉上去，各自欲嚇別人。

「你長了鬍子了，臉怎麼白得和壁上的石灰一樣？」

「你才好看哩，怕人的紅臉，和強盜似的！」

倍倍不說話，帶了黑的面具，立刻到大廳上去找他的母親。「姆媽，姆媽，我的臉好看不好看？」他很起勁的說道。

「真有趣，黑黑的臉！倍倍，你這個花面具真好，誰買給你的？」

「爹爹，他給我的。」

說時，小弟、小妹也都跑來了，大廳上立刻充滿了孩子們的笑聲和哄鬧聲。

晚上，先供祭了祖先，大家都恭恭敬敬的跪拜著，哥哥卻只鞠了三下躬。倍倍拜時，幾乎是伏在地上，大家都哄堂的笑了。然後，母親帶小弟到灶下去，叫他取了火鉗，在灶中鉗了一塊熊熊燃燒著的柴來，放在天井柴堆中。這個柴堆也燒了起來。黑暗的天井中，充滿了火光，人影幢幢的往來。來喜把鹽一把一把的擲在柴堆中。它便噼拍噼拍的爆響起來。小妹也學樣，擲了不少鹽進去。

母親道：「好了，不要再擲了。」她還是不肯停止。

大廳上擺設了桌子，大大小小都圍在桌上吃年飯。沒有在家的人，也設有座位，杯前也放著一副杯箸。天井中柴堆還只是燒著，來喜在那裡照料。

飯後，母親分壓歲錢了，二妹、三妹都是十塊錢，小妹、小弟和倍倍，則每人一塊錢，都用紅紙包了。小弟接了錢，見只有一塊，立刻失望的不高興起來。

「姆媽答應過給我五塊錢，去訂一年《兒童畫報》，還買一部滑冰車。怎麼只有一塊？

壓歲錢

我不要！」

說時，他把錢鏘的一聲拋在桌上。母親道：「做什麼？你，大年夜還要發脾氣！你看，小妹、倍倍都安安靜靜沒有說一句話。」

小弟急得嘴邊扁皺起來，快要哭了。

「大年夜不許哭，哭就打！」母親道。

大哥連忙把小弟連勸帶騙的哄到書房裡來。

「不要著急，等一等我給你錢。唉，弟弟，你知道我小時有多少壓歲錢？哪裡像你們一樣，有什麼一塊兩塊的！

「有一年，當我才八九歲時，我在大年夜的前幾天就預算好新年要用的錢和要買的東西了。我和大姊道：『去年祖母給二百錢做壓歲錢，今年我大了一歲，一定可以給我五百錢。我要買花炮放，還要買糖人，還要和你，和他們擲狀元紅，今年一定要贏你的。』我一切都計劃得好好的，五百錢恰好夠用。

「到了大年夜了，我十分的快活，一心等候著祖母發壓歲錢。飯後，祖母拿出一包包的紅紙包，先遞一包給大姊，又遞一包給我。我一看，只有一百錢！那時，我真失望，好像跌入一個無底的暗洞中似的，覺得什麼計劃都打翻了；火炮糖人都買不成，狀元紅也不配擲了。

「我哭聲的問祖母道：『今年壓歲錢怎麼只有一百錢？我不要！』

「祖母一句話也沒有，眉毛緊皺著，好像有滿臉心事似的。

我見祖母不答應我，知道無望了，便高聲的哭了起來。祖母道：『你哭你哭！要討打了！大姊只有五十錢呢！她不哭，你哭！你曉得今年沒有錢嗎？』說時，她臉色淒然，好像倒也要下淚了。嬸母見我哭了，連忙把我哄到她房裡，說道：『乖乖的，不要哭，祖母今年實在沒有錢。明年正月裡一定會再給你的。』

祖母在她房裡自言自語道：『三兒錢還不寄來，只有兩塊錢了，今天又換了一塊做壓歲錢，怎麼過日子！』她說時，聲音有些哽咽了。嬸母道：『你聽，祖母說的話！她多疼愛你，有錢難道還不給你麼？』

我的氣終於不能平下去。倒在床上抽噎了許久，才被嬸母拉進房裡去睡。那一個大年夜真是不快活的一個。第二天，聽嬸母對老媽子說，老太太昨夜曾暗自流淚了一回。後來，我見祖母開抽屜取了錢打發地保上門賀喜的，去望了一望，真的，她抽屜裡只有一塊錢，另外還有壓歲錢分剩的幾百錢，此外半個錢也沒有了。這個印象我到現在還極深刻的留著。唉！我真不應該使祖母傷心！」

弟弟倚在大哥懷裡，默默的聽著，在燈光底下，見大哥臉色很悽慘，眼角上微微的有

壓歲錢

幾滴淚珠，書房裡是死似的沈寂。

外面，大廳上，小妹和倍倍的喧鬧、嘻笑的聲音，時時的透達進來。

五老爹

五老爹

我們猜不出我們自己的心境是如何的變幻不可測。有時，大事變使你完全失了自己的心，狂熱而且迷亂，激動而且暴勇，然而到事變一過去，卻如暴風雨後的天空一樣，仍舊蔚藍而澄清；有時，小小的事情，當時並不使你怎樣感動，卻永留在你的心底，如墨水之滲入白木，使你想起來便淒楚欲絕。有時，濃摯的友情，牽住你一年半年，而一年半年之後，他或她的印象卻如梅花鹿之臨於澄清無比的綠池邊一樣，一離開了，水面上便不復留著他們的美影；有時，古舊的思念，卻力刼而不磨，愈久而愈新，如喜馬拉雅山之永峙，如東海、南海之不涸。

三十年中，多少的親朋故舊，走過我的心上，又過去了，多少的悲歡哀樂，經過我的心頭，又過去了；能在我心上留下他們的深刻的印象的有幾許呢？能使我獨居靜念時，不時憶戀著的又有幾許呢？在少數之少數中，五老爹卻是一位使我不能忘記的老翁。他常在我童年的回憶中，活潑潑的現出；他常使我憶起了許多童年的趣事，許多家庭的瑣故，也常使我淒楚的念及了不可追補的遺憾，不忍復索的情懷。

是三十年了，是走到「人生的中途」了，由呱呱的孩提，而童年，而少年，而壯年；我的心境不知變異了幾多次，我的生活不知變異了幾多的式樣，而五老爹卻永遠是那樣可驚的不變的五老爹。長長的身材，長長而不十分尖瘦的臉，月白的竹布長衫，汙黃的白布襪，慈惠而平正的雙眼，徐緩而滯澀的舉止，以至常有菸臭的大嘴，常有菸汙的焦黃色手指，厚底的青緞鞋子，柔和的微笑，善講善說的口才，善於作種種姿勢的手足，三十年了，卻彷彿都還不曾變了一絲一毫似的。去年的春天，我到故鄉去了一次。五老爹知道我回去了，特地跑來找我。他一見了我，便道：

「五六年不見了，你又是一個樣子了。聽說你近來很得意。但你五老爹卻還依然是從前一貧如洗的五老爹！……」

面前立的宛然是五年前的五老爹，宛然是三十年前的五老爹，神情體態都還不變，連頭髮也不曾有一莖白，足以表示五年的，三十年的歲月的變遷的，只有：他的背脊是更弓彎了。

這是我最後一次的見他。半個月後，我離了故鄉。三四個月後，黃色封套，貼著一條藍色封套，上寫「訃聞」二大字的喪帖，突然的由郵局寄到。「前清邑庠生春浩府君痛於……」我翻開了喪帖一看便怔住了：想不到活潑潑的五老爹那末快便死去了。

後來聽見故鄉的親友們傳說，五老爹臨死的兩三個月，體態完全變了一個樣子，龍鍾得連路都走不動；又變成容易發怒，他的妻，我們稱她為「姑娘」的，一天不知給他罵了多少次，甚至動手拿門閂來打她。親戚們的資助，他自己不能去取了，便叫了大的男孩子

五老爹

去。有時拿不到，他便叨叨儸囉的大罵一頓，是無目的的亂罵。他們都私下說「五老爹變死」了。而真的，不到兩三個月，這句咒語便應驗了。

但我沒有見到過這樣變態的五老爹。五老爹在我的回憶中，始終是一位可驚的不變的五老爹。長長的身材，長長而不十分尖瘦的臉，月白的竹布長衫，汗黃的白布襪，……三十年來如一日。

我說五老爹是「老翁」，一半為了他輩分的崇高。他是祖母的叔父，因為是庶出的，所以年齡倒比祖母小了十多歲。他對祖母叫「大姊」，隨了從前祖母母家的稱號；祖母則稱他為五老爹，隨了我們晚輩的稱呼。叔叔們已都稱他為五老爹了，我自然應該更尊稱他。然而祖母說：「孩子不便說拗口的話，只從眾稱五老爹好了！」

我說五老爹是「老翁」，一半也為了他體態的蒼老。我出世時，他只有三十多歲，然而已見老態，舉止徐緩而滯澀，語聲蒼勁而沙板，眼睛近視得連二三尺前面的東西也看不清楚。他還常常誇說他的經歷，他的見聞。我們渾忘了他的正確的年齡，往往當他是一個比祖母還老的老翁。然而他的蒼老的體態，卻年年是一樣的，如石子縫中的蒼苔，如屋瓦下的羊齒草，永遠是那樣的蒼綠。所以三十多歲不覺他是壯年，六十多歲也不覺他變得更老，除了背脊的更為弓彎。

他並不曾念過許多書。聽說，年輕時曾赴過考場。然而不久便棄了求功名的念頭，由故鄉出來，跟隨了祖父謀衣食。如繞樹而生的綠藤一樣，總是隨樹而高低，祖父有好差事了，他便也有；祖父一時賦閒了，他便也閒居在家；祖父雖有短差事在手而不能安插自己私人時，他便又閒居著。大約他總是閒居的時候多。他閒居著沒事，抱抱孩子，以逗引孩子的笑樂為事。孩子們見他閒居在家便喜歡；五老爹這個，五老爹那個，幾乎一時一刻離不了他；見他有事動身了便覺難過；「五老爹呢？五老爹？我要五老爹！」個個孩子一天總要這樣的吵幾次。而我在孩子們中尤為他所喜愛。我孩提時除了乳母外，每天在他懷抱中的時候最久。他抱了我在客廳中兜圈子；他抱了我，坐在大廳上停放著的祖父的藤轎中蕩動著；他把我坐在書桌上，而他自己裁紙折了紙船紙匣給我玩。我一把抓來，不經意的把他折的東西毀壞了，而他還是折著。在夜裡，他逗引著我注視紅紅的大洋油燈。我不高興的要哭了，他便連聲的哄著道：「喏，喏，喏，你看牆上是什麼在動？」他的手指，便映著燈光做種種的姿態。我至今還清楚的記得：他映的兔頭最像，而兩個手指不住的上下搧動，狀若飛鳥之拍翼，最使我喜歡。其他犬頭、貓頭、豬頭，也都和兔頭的樣子差不了多少，不過他定要說它是犬頭、貓頭或者豬頭罷了。最使我害怕，又最使我高興的，是：他雙手叉著我的脅下，高高的把我舉在空中，又如白鵠之飛落似的迅快的把我放下。我的

五老爹

小心臟當高高的被舉在空中時，不禁撲撲的跳著。我在他頭頂上，望下看著，似乎站在絕高的山頂，什麼東西都變小了，而平時看不見的黑漆漆的轎頂，平時看不見的神龕裡的東西，也都看得很清楚，連絕高的屋脊也似乎低了，低了，低到將與我的頭顱相撞。當我被迅速的放落時，直如由雲端墜落，暈迷而惶惑。而大廳的方磚地，似乎升上來，升上來，彷彿就要升撞到我的身上。直到我無恙的復在他懷抱中時，我才安心定神，而我的好奇心又迫著我叫道：「五老爹，再來一下！」

我大了一點，他便坐在祖母的煙盤邊，抱我在膝上，講故事給我聽。夜間靜寂寂的，除了小小的煙燈，放出圓圓一圈紅光，除了祖母的嗤嗤潺潺的吸菸聲，除了一團的白煙，由煙斗，由祖母嘴裡散出外，一切都是寧靜的。而五老爹抱了我坐在這煙盤邊，講有長長的，長長的故事給我聽，直講到我迷迷沈沈的雙眼微微的合了，祖母的臉，五老爹的臉漸漸的模糊了，遠了，紅紅的小燈漸漸的似天邊的小圓月般的亮著，而五老爹的沙板蒼勁的語聲，也如秋夜的雨點，一聲一滴的落到耳朵裡，而不復成為一片一段時，他方才停止了他的講述，說道：「睡著了。」便輕輕的把我放在床鋪上躺著睡，扯了一床氈子蓋在我身上。

他講著「海盜」的故事，形容那種紅布包在頭上，見人便殺的「海盜」，是那樣的真切。他說道：「『海盜』都拿著明晃晃的刀，尖尖的長槍，人一見了他們便跪下來獻東西給他們。他們還是一刀把人的頭斫下，鮮血直噴！有一次，一大批的男男女女，老老小小，躲在一大堆稻草下面避著『海盜』。『海盜』團團轉轉的找不見人，正要走了，一個執著長槍的『海盜』無意中把槍尖向草堆裡刺了一下，正中一個男人的腿，他痛得喊了一聲。於是『海盜』道：『有人！有人！』他們都把長槍向草堆中亂刺，稻草都染得紅了，草堆裡的人是一個也不剩。還有，我家的一個親戚，你應該叫她祖太姑的，她現在已經死了；她的一家死得才慘呢！『海盜』來了，全家不留一個人，只有你祖太姑躲藏在廚房的灶洞中，沒有被他們看見。她親眼看見『海盜』的頭上包著紅布，手裡都拿著明晃晃的刀槍，頭髮長長的。『海盜』走後，她由灶洞裡爬了出來，滿天井是死人！虧得一個老家人躲在別處的，回來見了她，才背了她出城逃難。半路上，他們又遇見一個『海盜』，老家人頭上被斫了一刀，紅血流得滿臉；還好，你祖太姑很聰明，連忙把手上戴的小金鐲脫下來給他，才逃得性命出來！」

他這樣的追述那恐怖時代的回憶，使我又害怕又要聽。微明而神祕的煙盤邊，似乎變成了死骸遍地的空宅、曠場。而他的講述《聊齋》，也使我有同樣的恐怖。我不怕狐仙花怪的故事，我最怕的是山魈、殭屍。有一次，他說道：「一位老太太和一個婢女同睡在一屋。老太太每夜聽見窗外有人噴水的聲音，便起了疑心，叫醒婢女一同去張望。卻見一個白髮龍鍾的老太婆在那裡用嘴噴水灑花。她知有人偷窺，便向窗噴了一口水。老太太和婢女都死了過去。第二天，家裡的人推進房門，設法救活他們，卻只救活了婢女，老太太是死了。婢女述夜中所見的情形。家人把老太太所沒入的地方崛起來，掘不到七八尺，卻見一個殭屍，身體還完好的，躺在那裡，正是婢女夜中所見的白髮龍鍾的老太婆。他們把她燒了，此後才不再出現。」我聽得怕了起來，彷彿我們的窗外也有人在呼呼的噴著水一樣。我緊緊的伏在五老爹胸前不敢動，眼睛光光的望著他，臉色是又淒凝，又詫異，如一個宗教的罪人聽著牧師講述地獄裡的慘狀一樣。

但他最使我興高采烈的，笑著、聚精會神的聽著的，還是他的《三國志》的講述。他手舞足蹈的形容著，滔滔不息的高聲講述著劉備是怎樣，張飛是怎樣，曹操是怎樣，這些英雄的名字都由他第一次灌輸到我心上來。他形容著關公的過五關，斬六將，彷彿他自己便是紅臉鳳眉長髯的關羽，跨了赤兔馬，提著青龍偃月刀。他形容著張飛的喝斷板橋，彷彿他自己便是黑臉的張飛，立在橋邊，舉著丈八蛇矛，大喝一聲，喝退了曹操人馬。他形容著曹操的赤壁大敗，彷彿他自己便是那足智多謀，奸計滿胸的曹操。他形容曹操的割鬚棄袍，狼狽不堪的樣子，不禁的使我大笑。他講得高興了，便把我坐在床上，而他自己立起來表演。長長的身材，映在昏紅的小小燈光之下，彷彿便是一個絕世的英雄。這一部《三國志》足足使他講了半年多，直到他跟了祖父到青田上任去，方才告終，然而還未講到六出祁山。每夜晚飯後，我必定拉著他，說道：

「五老爹，接下去講，曹操後來怎樣了？」

於是他又抱了我坐在祖母的煙盤邊講述著這長長的，長長的故事。

我已經到了高等小學裡讀書。有一天，吃中飯時，我一個不小心，把一根很長的魚骨鯁在喉頭了；任怎樣咳嗽也咳不出，用手指去摳，也摳不到，吃了一大團一大團的飯下去也黏它不下去。喉頭隱隱的作痛，祖母、母親都很驚惶。他們叫我張大了嘴給他們看，也看不見魚骨鯁在哪裡。我急得哭了起來。五老爹剛好從外面進來——當然，他這時又是賦閒住在我們家裡——我一見他，便哭叫道：「五老爹快來！五老爹快來！魚骨鯁得要死了！要死了！」五老爹徐緩的踱了過來，說道：「不要緊的，等五老爹把你治好，五老爹有取魚骨的祕方。」於是他坐在椅上，拉我立在他雙膝中間叫我張大了嘴，又叫丫頭去取一把鑷子來。他細細的，細細的看著，不久便用鑷子探進喉頭。隨鑷子到口腔外的是一根很長的魚骨，還帶著些血。他問道：「現在好了麼？」我嚥了嚥口水，點點頭，心裡輕快得多，直如死裡逃生。至今祖母對人談起這事，還拿我那時窘急的樣子來取笑。

五老爹快四十三四歲了，還不曾娶親。還是祖父幫助了他一筆錢，叫他回故鄉去找一個妻子。他娶的是大戶人家的一個婢女，年紀只有二十左右，同他在一起真可算是父女。當然，他的妻不會美麗，圓圓的一張臉，全身也都胖得圓圓的，身材矮短，只齊五老爹的腋下高，簡直像一個皮球；她不大說話，樣子是很傻笨的。他結婚了不多幾月，便把她帶到我們家裡來，於是他們倆都做了我們家裡的長住的客人。我們只叫他的妻做「姑娘」，並沒有什麼尊稱。自此，五老爹不再指手畫足的談《三國》，講鬼神，但卻還健談；一半，當然是因為我已經大了，自己會看小書了，不會再像坐在他膝上聽講《三國志》時那末的對於他的講述感興趣了，一半，也因為他現在已成了家。

他成了家不久，姑娘便生了一個女孩子。這孩子很會哭，樣子又難看，合家的人都不大喜歡她，而她的母親，姑娘，終日呆澀死板的坐在房裡，也不大使合家怎麼滿意。只有五老爹依舊得眾人的歡心，他也依舊健談不休。

祖父故後，我們家境也很見艱難，當然養不起許多閒人食客，於是在一批底下人辭去後，跟著告別回歸故鄉的，還有五老爹和他的「姑娘」和他們的善哭的女兒；他的去，一半也因為祖父已經去世，他的希望、他的「靠山」是沒有了，所以不得不歸去，另謀別一條吃飯的路。

啊，與我童年時代有那末密切的繫連的五老爹是辭別歸去了，從這一別，直到了十年後方才在北京再見。記得他帶了他的妻女上「閩船」歸去時，祖母叫了一個老家人替他押送著行李，那簡簡單單的包括兩隻皮箱、一隻網籃、一捲鋪蓋的行李，還叫我也跟了去送行：「頂疼愛你的五老爹回家了，你要去送送。」閩船是一種不及二三丈長的帆船，專走閩浙一路海邊販運貨物的，而載客是例外。這樣的船，在海邊隨風駛行著，由浙到閩，風順時也要半個月，逆風時卻說不定是一月兩月。由閩出來時，大都販的是香菰、青果之類，由浙回閩，販的卻都是豬。豬聲吣吣的，與人聲交雜，豬臭騰騰的，與人氣混合。那真是難堪的苦旅行。五老爹要是有錢，他可以走別的路徑，起陸，或由上海坐輪船回去。然而五老爹如何有這樣大的力量呢？於是只好雜在豬聲豬臭之中歸去。船泊在東門外，那裡是一長排的無窮盡的船隻停泊著，船桅參參差差的高聳天空，也數不清是多少。五老爹認了半天，才認出原定的船來，叫夥計幫著拿行李上船，抱孩子，扶女人上船。夥計道：「船要明早才開。」五老爹自己立在船頭對我說道：「你不要上船了，跳板不好走，回去吧。我一到家就有信來。」又對老家人說：「來順，你好好的送孫少爺回去，太陽底下不要多站了。」來順說：「五老爹叫你回去，你回去吧。」我心裡很難過，沒情沒緒的跟了來順走。走了幾十步，回頭望時，五老爹還站在船頭遙望著我的背影。

五老爹

啊，與我童年時代有那末密切的繫連的五老爹是辭別歸去了。

十年後，我在北京念書，住在三叔家裡。每天早晨去上學，下午課畢回家。有一天，天氣很冷，黑雲低壓的懸在空中，似有雪意。枯樹枝蕭蕭作響，幾片未落盡的黃葉紛紛揚揚的飛墜地上。我匆匆忙忙的趕回家。一進門，看見有一擔行李，放在門房口，便問看門的李升道：「是誰來了？」李升道：「一個不認識的老頭子，剛由南邊來的，好像是老爺的親戚。」

我把書包放在自己房裡，脫了大衣，便到上房。一掀開門簾，便使我怔住！和三叔坐著談的卻是五老爹，十年未見的五老爹！他的神情體態宛然是十年前的五老爹，長長的身材，長長而不十分尖瘦的臉，汙黃的白布襪，青緞的厚底鞋，慈惠而平正的雙眼，柔和的微笑，一點也沒有變動，只是背脊是更弓彎了些。他見了我也一怔，隨笑著問道：「是一官麼？十年不見，成了大人了，樣子全變了，要是在路上撞見，我真要不認識了呢。只是鼻子眼睛還是那樣的。」

屋裡旺旺的燒著一大盆火，五老爹還只是說：「北京真冷呀！冷呀！」三叔道：「五老爹的衣裳太薄了，要換厚的，棉鞋棉襪也一定要去買，這樣走出去，要生凍瘡的。」

五老爹還是那樣的健談。在晚上的燈光底下，他說起，在家裡是如何的生活艱難，萬不能再不出來謀生，而謀生卻只有北京的一條路。他說起，他的動身前籌備旅費是如何的辛苦，東乞求，西借貸，方才借到了幾十塊錢。他又說起，一路上是如何的困苦難走，北邊話又不會說，所遇到的腳夫、車夫、旅館接客，是如何的刁惡，如何的善於欺壓生客。由晚飯後直說到將近午夜，還不肯停止。還是三叔說道：「五老爹路上辛苦，不早了，先去睡吧。李升已把床鋪理好了。」五老爹走到房門邊，把門一推，一陣冷風，捲了進來，他打了一個寒噤，連忙縮了回去，說道：「好冷，好冷！」三叔道：「五老爹房裡煤爐也生好了。睡時千萬要當心，窗戶不要閉得密密的。煤毒常要熏壞了人。」五老爹道：「曉得的。」三叔又給他一條厚圍巾把他脖子重重圍了，他方才敢走出天井，走到房裡。

他的房間在我的對面，也是邊房，本來是做客廳的，臨時改做了他的臥房。第二天，他起床時，太陽已輝煌的照著。天井裡，屋瓦上，棗樹上，階沿上，是一片的白色。太陽照在雪上，反映出白光，覺得天井裡特別的明亮。他開了門，便叫道：「啊，啊，好大的雪！」

這一天，他又和三叔談著找事的問題。三叔微微的蹙著雙眉，答道：「近來北京找事的人真多，非有大力量，大靠山，真不容易有事。二舅在這裡近兩年了，要找一個二三十塊錢一月的錄事差事，也還找不到呢。」

五老爹

五老爹默默的不言。他在北京直住到半年，住到北京的殘雪早已消融完盡，北河沿和東交民巷邊界的垂楊，已由金黃的絲縷而變成粗枝大葉，白楊花如雪片似的在空中亂舞時，他方才覺得希望盡絕，不得不收拾行李回家。在漫長的冬天裡他只是縮頸的躲在火爐邊坐著。太陽輝煌的照著，而且一點風也沒有，這時，他才敢拖了一把椅子坐在階沿曬太陽。天色一陰暗，一有風，他便連忙躲進屋來，一步也不敢離開火爐邊。剛開了門，一陣冷風便虎虎的捲了進來，他打了一個寒噤，叫道：「好冷，好冷！」又連忙縮回火爐邊去。

一到了晚上，他更非把炎炎旺旺的白爐子端放在他房裡不可。三叔再三的吩咐他，把房子烘暖後，爐子便要端出門外去，要放爐子在房裡，窗戶便要開一扇。煤氣是很厲害的；一冬總要熏死不少人。他似聽非聽的，每夜總是端了燒得炎炎旺旺的白爐子進屋，不再放它出門，窗戶總是閉得嚴嚴密密的。好幾天不曾出過什麼毛病。

有一夜，我在半夜中醒來，彷彿有什麼東西在呻吟，那重濁而宏大的呻吟聲，不似人類發的，似是馬或駱駝的呻吟，或更似建幕於非洲絕漠上時所聞的獅子的低吼。我驚了一跳，連忙凝神的靜聽，清清楚楚的，一聲聲都聽得見，這聲音似從對房發出的。我穿了衣，披了大氅，開了門出去，叫了幾聲：「五老爹，怎樣了？怎樣了？有病麼？」他一聲都不答。我推了推門，是閂著的，便去推他的窗子。窗子還沒有關閉著。我把窗一推，一股惡濁的煤氣由房裡直衝出來，幾乎使我暈倒。這時，三叔也已聞聲起來了。我們由窗中爬進，把門開了，房裡是煙霧瀰漫的。五老爹不省人事的躺在床上呻吟著。合家忙碌碌的救治他，把他抬到天井裡使他呼著清新的空氣，李升又去盛了一大碗酸菜湯來，說是治煤毒最好的東西，用竹筷掘開他的牙齒，把酸菜湯灌了進去。良久，他才嘆了一口氣而復活了，叫道：「好難過呀！」

足足的靜養了五天，他才完全復原。自此，他乃浩然有歸意。挨過了嚴冬，到了白楊花如雪片似的在空中亂舞時，他便真的歸去了。送他上東車站的是三叔和我。行李還是輕飄飄的來時的那幾件，只多了身上的一件厚棉袍，足上的棉鞋、棉襪。

五年後，在故鄉，我們又遇見了幾次，是最後的幾次。他一聽見我回來了，便連忙趕來看我。還宛然是五年前的五老爹，十五年前的五老爹，三十年前的五老爹，神情體態都一點也不變，只是背脊更弓彎了些。

他依然是健談，依然是刺刺不休的訴說他的貧況，依然是微笑著。但身上穿的卻是十五年前的衣服，而非厚的棉衣，足上穿的卻是十五年前的汙黃的布襪，青緞的厚底鞋，而非棉襪棉鞋。他嘆道：「窮得連衣服都當光了。有幾個親戚每月靠貼一點，但夠什麼！」

第三天，二舅母來時，她說，五老爹托她來說，如果寬裕，可以資助他一點。我實在不寬裕，但我不能不資助五老爹。三十年來，他是第一次向我求資助。

我帶了不多的錢，到他家裡去拜望他。前面是一間木器店，他住在後進，只有兩間房子，都小得只夠放下床和桌子。他請我在床上坐，一會兒叫泡茶，一會兒叫買點心，殷勤得使我不敢久坐。我把錢交給了他，說道：「這次實在帶得不多，請五老爹原諒。以後如有需要時，請寫信向我要好了。」他微笑的謝了又謝。

第二天早晨，他又跑來了，說道：「我還沒替你接風呢。今午到我家裡吃飯好麼？」我剛要設辭推託，不忍花他的錢，他似已知道我的意思，連忙道：「你不厭棄你五老爹的東西麼？五老爹在你少時也曾買糖人糖果請你，你還記得麼？菜都已預備齊了，一定要來的。不來，你五老爹要怪你的。」我再也不能說得出推辭的話，只好說道：「何必要五老爹多破鈔呢！」

這一頓午飯，至少破費了我給他的三分之一的錢。他說：「聽說你喜歡吃家鄉的鮑魚海味，這是特別趕早起去買來的，你吃吃看。」又說道：「這雞是你五老爹親自燉的，你吃吃看，味兒好不好？」我帶著說不出的酸苦的情緒，吃他這一頓飯，我實在嘗不出那一碗一碗的豐美的菜的味兒。

我回到上海後，五老爹曾有一封信來過，說道，這二三月內，還勉強可以敷衍，希望端午節時能替他寄些款去，多少不拘。然而端午節還沒有到，而五老爹已成了古人了。我寄回去的卻是奠儀而不是資助啊，我不忍思索這些過去的淒惋！

五老爹

王榆

王榆

那年端午節將近，天氣漸漸熱了。李媽已買了箬葉、糯米回來，分別浸在涼水裡，預備裹粽子。母親忙著做香袋，預備分給孩子們掛，零零碎碎的紅緞黃綾和一束一束綠色、紫色、白色、紅色、橙色的絲線，夾滿一本臃腫的花樣簿子。有一種將近歡宴的氣象懸縈在家庭裡，懸縈在每個人的心上。父親忙著籌款，預備還米鋪、南貨鋪、酒館、裁縫鋪的帳。正在這時，郵差遞進了一封信，一封古式的紅籤條的信，信封上寫著不大工整的字，下款寫著「麗水王寄」。母親一看，便道：「這又是王榆來拜節的信。」抽出一張紅紅的紙，上面寫著：

恭賀

太太

大少爺　大少奶

諸位孫少爺　孫小姐

節禧

晚王榆頓首

每到一個季節，這樣的一封信必定由郵差手中遞到，不過在年底來的賀籤上，把「節禧」兩個字換成了「年禧」而已。除了王榆他自己住在我們家裡外，這樣的一封信，簡簡單單的幾個吉利的賀語，往往引起父親母親懷舊的思念。祖母也往往道：「王榆還記念著我們。不知他近況好不好？」母親道：「他的信由麗水發的，想還在那邊的厘卡上吧。」

自從祖父故後，我們家裡的舊佣人，散的散了，走的走了，各自顧著自己的前途。不聽見三叔、二叔或父親有了好差事，或親戚們放了好缺份，他們是不來走動的。間或有來拜拜新年，請請安的，只打了一個千，說了幾句套話，便走了。只有王榆始終如一。他沒有事便住在我們這裡，替我們管管門，買買菜。他也會一手很好的烹飪，便當了臨時的廚房，分去母親不少的勞苦。他有事了，有舊東家寫信來叫他去了，他便收拾行李告辭，然而每年至少有三封拜年拜節的賀片由郵差送到，不像別的佣人，一去便如鴻鵠，一點消息也沒有。

我不該說王榆是「佣人」。他的地位很奇特，介乎「佣人」和親密的朋友之間。除了對於祖父外，他對誰都不承認自己是佣人。所以他的賀片上不像別的用人偶然投來的賀片一樣，寫「沐恩王榆九叩首拜賀」，只是素樸的寫著「晚王榆頓首」。然而在事實上他卻是一個佣人，他稱呼著太太，少爺，少奶，孫少爺，孫小姐，而我們也只叫他王榆。他在我家時，做的也都是佣人或廚子的事。他住在下房，他和別的佣人們一塊兒吃飯。他到上房來時，總垂手而立，不敢坐下。

他最愛的是酒，終日酒氣醺醺的，清秀瘦削的臉上紅紅的蒸騰著熱氣，呼吸是急促的，一開口便有一種酒糟味兒撲鼻而來。每次去買菜蔬，他總要給自己帶回一瓶花雕。飯不吃，可以的，衣服不穿，也可以的，要是禁止他一頓飯不喝酒，那便如禁止了他生活下去。他雖和別的佣人一塊兒吃飯，卻有幾色私房的酒菜，慢慢的用箸挾著下酒。因為這樣，別人的飯早已吃全了，而他還在淺斟低酌，盡量享受他酒國的樂趣，直到粗作的老媽子去等洗碗等得不耐煩了，在他身邊慢慢的說：「要洗碗了，喝完了沒有？洗完碗還有一大堆衣裳等著洗。今天早晨，太太的帳子又換了下來。下半天還有不少的事要做呢。」

他便很不高興的叱道：「你洗，你洗好了！急什麼！」他的紅紅的臉，帶著紅紅的一對眼睛，紅紅的兩個耳朵，顯著強烈的憤怒。又借端在廚房裡悻悻的獨罵著，也沒人敢和他頂嘴，而他罵的也不是專指一人。母親聽見了，便道：「王榆又在發酒瘋了。」但並不去禁止他，也從來不因此說他。大家都知道他的脾氣，酒瘋一發完，便好好的。

他雖飲酒使氣，在廚房裡罵著，可是一到了上房，儘管酒氣醺醺，總還是垂手而立，諾諾連聲，從不曾開口頂撞過上頭的人，就連小孩子他也從不曾背後罵過。

偶然有新來的佣人，看不慣他的傲慢使氣的樣子，不免要牴觸他幾句，他便大發牢騷道：

「你要曉得我不是做佣人的人，我也曾做過師爺，做過卡長，我賺過好幾十塊錢一個月。我在這裡是幫忙的，不像你們！你們這些貪吃懶做的東西！」

真的，他做過師爺，做過卡長，賺過好幾十塊錢一個月，他並不曾說謊。他的父親當過小官僚。他也讀過幾年書，認識一點字。他父親死後，便到我的祖父這裡來，做一個小小的司事。他的家眷也帶來住在我們的門口。他有母親，有妻，有兩個女兒。在我們家裡，我們看他送了他的第二個女兒和妻的死。他心境便一天天的不佳，一天天的愛喝酒，而他的地位也一天天的低落。他會自己燒菜，而且燒得很好。反正沒有事，便自動跑到我們廚房裡來幫忙，漸漸就成為一個「上流的廚子」，也可謂「愛美的廚子」。祖父也就非吃他燒的菜不可。到了祖父有好差事時，他便又舍廚子而司事，而卡長了。祖父故後，他也帶了大女兒回鄉。我們再見他時便是一個光身的人，愛喝酒，愛使氣。他常住在我們家裡，由愛美的廚子而為職業的廚子，還兼著看門。

他常常帶我出門，用他戔戔的收入，買了不少花生米、薄荷糖之類，使我的大衣袋鼓了起來。但他見我在泥地裡玩，和街上的「小浪子」「擂錢」，或在石階沿跳上跳下，或動手打小丫頭，便正顏厲色的干涉道：「孫少爺不要這樣，衣服弄齷齪了，」「孫少爺不要跟他們做這下流事，」「孫少爺不要這樣跳，要跌破了頭的，」或「孫少爺不要打她，她也是好好人家的子女！」我橫被干涉，橫被打斷興趣，往往厲聲的回報他道：「不要你管！」

他和聲的說道：「好，好，同去問你祖母看，我該不該說你？」他的手便來牽我的手，我連忙飛奔的自動的跳進了屋。所以我幼時最怕他的干涉。往往正在「播錢」播得高興時，一眼見他遠遠的走來，便抛下錢，很快的跑進大門去，免得被他見了說話。

全家的人都看重他，不當他是佣人，連父親和叔叔們也都和顏的對他說話，從不曾有過一次的變色的訓斥，或用什麼重話責罵他，——也許連輕話也不曾說過——他是一個很有身分的佣人（？），但我這個稱謂是不對的，所以底下又加了一個疑問號，不過我實在想不出什麼別的恰當的語句來稱他，他的地位是這樣的奇特。……

我第一次到上海來，預備轉赴北京入大學。這時，王榆正在上海電報局裡當一個小司事，一月也有三四十元。他知道我經過上海，便跑來看我，殷勤的邀我到酒樓裡喝酒去。我生平第一次踏到這樣的酒樓。樓下櫃臺上滿放著一盆一盆的熏炙的雞、鴨、肝、腸，牆邊滿排著一甕一甕的紹興酒。樓梯邊空處是幾張方桌子，幾個人正在喝著酒，桌上只有幾小碟的冷菜。王榆領我一直上樓，倚著靠窗的一張方桌坐下。他自己又下樓去，說道：「就來的，就來的，請坐一坐。」窗外是一條一條的電線，時時動盪著，嗤嗤的聲音，由遠而近，連支線的鐵柱上也似有嗡嗡的聲響，接著便是一輛電車駛過了。車過後，電線動盪得更厲害，這條線的動盪還未停止，而那邊的電線上又有嗤嗤的聲響了。車過後，遠遠的電線上還不時發出燦爛的火光。我的幻想差不多隨電線而動盪著。而王榆已雙手捧了幾包報紙包著的東西上樓來。解開了報紙，裡面是白雞、燒鴨、熏腦子之類，正是樓下櫃臺陳列著的東西。他道：「自己下去買，比叫他們去買便宜得多了。」我們喝著酒，談著，他的話還是帶有教訓的氣味，如當我孩提時對我說的一樣。我有點不大高興，勉強敷衍著。他喝了酒，話更多，紅紅的一張清秀瘦削的臉，紅紅的細筋顯現在眼白上，而耳朵也連根都紅了，嘴裡是酒氣噴人。我直待他酒喝夠了，才立起來說：「謝謝了，要回去了。」他連忙攔阻著道：「還有麵呢。」一面又叫道：「夥計，夥計，麵快來！」

我由北京回到上海時，他已先一年離開了。聽人家說，電報局長換了人，他也連帶的走了，住在那個舊局長家裡——他也是他的舊東家——充當廚子。但常常喝酒，發脾氣，太太很不高興他，因此他便走了，不知到什麼地方去。這一年的年底，我接到一封古式的紅籤條的信。像這樣的信封，我是許多年不曾見到了。從熟悉的不大工整的字體上，我知道這是王榆的拜年信。這一次他只寫信：「恭賀大少奶，孫少爺，孫小姐年禧，」因為只有我母親和妹妹和我同住在上海。賀籤之外，還有一張八行籤，還有兩張當票。他信上說，他現在吉林，前次在上海時，曾當了幾件衣服，不贖很可惜，所以，把當票寄來，請我代贖。我正在忙的時候，把這信往抽屜裡一塞。過了十幾天不曾想起，還是母親道：「王榆的當票，你怎樣還不替他去取贖呢？」我到抽屜裡找時，再也找不到這封信和這兩張當票。我想，大約已經滿期了吧。他信上說，快要滿期了，一定要立刻去取。我很難過不曾替他辦好這一事。然而，到了第二節，他又寫信來拜節了，卻沒有提起贖當的事。我見了這「恭賀少奶孫少爺節禧」的賀籤，便覺得曾做了一件負心的事，一件不及補救的負心的事。

在我結婚之前，合家已遷居到上海來，祖母也來了。王榆這時正由吉林到上海，祖母便也留著他幫忙。在家裡，在禮堂裡，他忙了好幾天。到結婚的那一天，人人都到禮堂去，沒有肯在家裡留守的，只有他卻自告奮勇的說道：「我在家裡好了，你們都去。」這使我們很安心，他是比別人更可靠，更忠心於所事的。這一天他整天的不出門，酒也喝得少些。我們應酬了客人，累了一天後，在午夜方才回家。而他已把大門大開著，大廳上點了明亮亮的一對大紅燭，幫忙的人也有幾個已先時回來，都在等候著。一見汽車進了弄口，他便指揮眾人點著鞭炮，在劈劈拍拍的響聲中，迎接我們歸來，迎接新娘子的第一次到家。他見我的妻和我只在祖先神座前鞠躬了幾下，似乎不大高興，可是也不敢說什麼。

他在這裡，暫時屈就了廚子的職務。在他未來之前，我家裡先已有了兩個佣人。這兩個佣人見他那麼傲慢而古板的樣子，都不大高興。他還是照常的喝著酒，從從容容的一筷一筷挾著他私有的下酒的菜，慢慢的喝著。喝了酒，臉色紅紅的，眼睛紅紅的，耳朵連頭頸都紅紅的，而一口的酒糟氣，就在三尺外的人都聞得到。且還依舊借端發脾氣，悻悻的罵這個，罵那個，還指揮著這個，那個，做這事，做那事，做得不如意，便又悻悻的罵著，比上人更嚴厲。為了他這樣，那兩個原來的佣人也不知和他吵過幾回嘴，上來向母親控訴過幾多次。母親只是說道：「他是老太爺的舊人，你們讓他些，一會兒就會好好的。」他們見母親這樣的縱容他，更覺不服，便上來向我的妻控訴著。有好幾次，他們私自對我的妻說：「王榆廚子真好舒服！他把好菜留給自己下酒，卻把壞的東西給主子吃。昨天，中飯買了一條黃魚，他把最好的中段切下來自己清燉了吃，魚頭和魚尾卻做了主子的飯菜。哪有這樣的廚子！」第二天，他們又來報告道：「昨天中飯，他又把鹹蟹的紅膏留下自己吃了，蟹殼和蟹肉卻做了飯菜。」如此的，不止報告了十幾次。我的妻留心考察飯菜，便真的發現黃魚是沒有中段的，鹹蟹的紅膏只寥寥可數的幾小塊放在盤子裡。她把這事對我說了，也很不以為然。我說道：「隨他去好了，他是祖父的舊人。」

「是舊人，難道便可以如此舒服不成！」妻很生氣的說著。我默默的不說什麼。

過了一二月，幫忙的老家人都散去了，只有王榆，祖母還留他在廚房裡幫忙，然而口舌一天天的多了；甚至，底下人上來向妻說，他是這般那般的對少奶奶不恭敬，聽說什麼菜是少奶奶要買的，他便道：「我不會買這菜，」連少奶奶天天吃的雞子，他也不肯去買。這樣的話，使妻更不高興。

有一次，他領了五塊錢去買菜，菜也沒買，便回來在廚房裡咕嚕咕嚕的罵人，說是中途把錢失落了。幾個底下人說：「一定是假裝的，是他自己用去了，還了酒帳了。」但妻見他窘急得可憐，又補了五塊錢給他。他連謝也不說一聲，還是長著臉提了菜籃出門。這又使妻很生氣。

妻見我回家，便慣憤的又把這事告訴了我。我慰她道：「他是舊人，很忠心的，一定不會說假話。」妻道：「是舊人，是舊人，總是這樣說。既然他如此忠心，不如把家務都交給他管好了！」

我知道這樣的情勢，一定不能更長久的維持下去，而王榆他自己也常想告辭，說工錢實在不夠用，並且也受不了那末多的閒氣。然而他到哪裡去好呢？這樣的古板的人物，古怪的脾氣，這樣的使酒謾罵的習慣，非相知有素的人家，又誰能容得他呢？我為了這事躊躇了好幾天。後來，和幾個朋友商定，叫他到一個與我們有關係的俱樂部裡去當聽差，事務很閒空，而且工錢也比較的多。他去了，還是一天天的喝酒，喝得臉紅紅的，眼睛紅紅的，耳朵連頭頸都紅紅的，一開口便酒氣噴人。他自己燒飯燒菜吃，很舒適，很舒適的獨酌著；無論喝到什麼時候都沒人去管他。然而，他只是孤寂的一個人，連脾氣也無從發，又沒有一個人可以給他罵，給他指揮，而且戔戔的薪資，又實在不夠他買酒買菜吃。他常常到我家裡來，向我訴說工錢太少，不夠用。又說，閒人太多，進進出出，一天到晚開門關門實在忙不了。我嘴裡不便說什麼，心裡卻有些不以他為然。

然而他雖窮困，卻還時時燒了一缽或一磁缸祖母愛吃的菜蔬，送了來孝敬給「太太」吃。祖母也常拿錢叫他買東西，叫他燒好了送來。「外江」廚子燒的菜，她老人家實在吃不慣。

有一次，俱樂部裡住著一個和我們很要好的朋友。他新從天津來，沒地方住，我們便請他住到俱樂部一間空房裡去。於是王榆每天多了倒臉水、泡茶、買香菸等等的雜事，門也要多開好幾次，多關好幾次。他又跑來對我訴說，他是專管看門的，看門有疏忽，是他的責任，別的事實在不能管。我說道：「他不過住幾天便走的，暫時請你幫忙幫忙吧。」而心裡實在不以他為然。

有一天清晨，他如有重大事故似的跑來悄悄的對我說：「你的那位朋友，昨夜一夜沒回來。今天一回來，便和衣倒在床上睡了，不知他幹的什麼事。我看他的樣子不大對，要小心他。」又說道：「等了一夜的門，等到天亮，這事我實在不能幹下去。」我只勸慰他道：「不過幾天的工夫，你且忍耐些。他大約晚上有應酬，或是打牌，你不必去理會他的事。」而心裡更不以他的多管閒事、愛批評人的態度為然。

過了幾天，他又如有重大事故似的跑來悄悄的對我說：「你的朋友大約不是一個好人。他一定賭得很利害，昨夜又沒有回來。今天一回來，便用白布包袱，包了一大堆的衣服拿出門，大約是上當鋪去的。這樣的朋友，你要少和他來往。」我默默的不說什麼，而心裡更不以他為然。我相信這位朋友，相信他絕不會如此，我很不高興王榆這樣的胡亂猜想，胡亂下批評，且這樣的看不起他。

過了幾天，在清早，他更著急的又跑來找我，懷著重大祕密要告訴我似的。我們立在階沿，太陽和煦的把樹影子投照在我們的身上。他悄悄地說道：「我打聽得千真萬確了，他實在是去賭的。前天出去了，竟兩天兩夜不曾回來。這樣的人你千萬不要再和他來往，也千萬不要再借錢給他，他是拿錢去賭的。」我再也忍不住了。我相信這位朋友絕不會如此，我不願意這位朋友被他侮辱到這個地步。我氣憤憤的一腳把階沿陳設著的兩盆花，猛力踢下天井去，砰的一聲，兩個綠色的花盆都碎成片片了。同時厲聲的說道：「要你管他的事做什麼！」他一聲不響的轉身走出大門，非常之怏怏的。

我望著他的背影，心裡後悔不迭。他不曾從祖父那裡受到過這樣厲聲的訓斥，不曾從父親那裡受到過這樣厲聲的訓斥，不曾從叔叔們那裡受到過這樣厲聲的訓斥，如今卻從我這裡受到！我當時真是後悔，真是不安，——至今一想起還是不安——很想立刻追去向他告罪，但自尊心把我的腳步留住了。我悵然的望著他的背影消失在大門外。我想他心裡一定是十分的難過的。他殷殷的三番兩次跑來告訴我，完全是為了跟我關切之故，而我卻給他以這樣大的侮辱，這侮辱他從不曾受之於祖父、父親、二叔、三叔或別的舊東家的。唉，這不可追補的遺憾！我願他能寬恕了我，我願向他告一個、十個、百個的罪。也許他早已忘記了這事，然而我永不能忘記。

又過了幾天，好幾個朋友才紛紛的來告訴我：這位朋友是如何如何的沉溺於賭博，甚至一夜輸了好幾千元，被人迫得要去投江。凡能借到錢的地方，他都設法去借過了，有的幾百，有的幾十。他們要我去勸勸他。王榆的話證實了，他的猜疑一點也不曾錯。他可以說是許多友人中最先發現這位朋友的狂賭的。王榆的話證實了，而我的心裡更是不安，我幾乎不敢再見到他。我斥責自己這樣的不聰明，這樣的不相信如此忠懇而親切的老人家的話！

然而，他還在俱樂部看著門，並不因此一怒而去。大約他並不把這個厲聲的斥責看得太嚴重了吧。這使我略覺寬心。但隔了兩個月，他終於留不住了，自己告退了回去。促他告退的直接原因是：俱樂部來來往往的人太多，有一天，他出去買菜，由裡邊出外的人，開了門不曾關好，因此，一個小偷掩了進來，把他的一箱衣服都偷走了。他說道：「這樣的地方不能再住下去了！」於是，在悻悻的獨自罵了幾天之後，才用墨筆畫了一個四不像的人體，頸上鎖著鐵鏈，上面寫道：「偷我衣服的賊骨頭」，把它用釘釘在牆上。幾天之後，他便向我和幾位朋友說，要回家了，請另外找一個看門的人。我道：「回家還不是沒事做，何妨多留幾個月，等有好差事了再走不晚。」他道：「這裡不能再住了，工錢又少，又辛苦，且偷了那末多的東西去，實在不能再住了，再住下去，一定還要失東西，回去先住在女兒家裡，且順便看看母親，有好幾年不見她了。住在那裡等機會也是一樣的。」

我們很不安，湊了一點錢，償補他失去衣物的損失。他收了錢，只淡淡的說了聲謝謝。此後每逢一個年節，他還是寄那紅紅的賀籤來，不過賀籤上，在恭賀「太太，大少奶，孫少爺」之下，又加添上了一個「孫少奶」的稱謂。從去年起，他的賀籤的信封上，寫的是「水亭分卡王寄」，顯然的他又有了很好的差事，又做了卡長了。

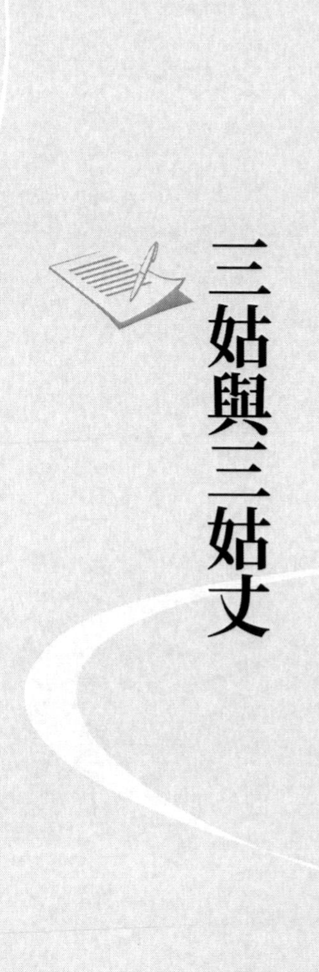

三姑與三姑丈

三姑與三姑丈

在我所見所知的親屬裡，沒有一位的運命與境遇比之三姑燕娟和三姑丈和修更為惡劣艱苦的了。我的親屬，有好些是壯年便死去，留下寡婦孤兒，苦苦的度著如年的日子。有好些是一無本領的人，一生靠著親戚吃飯，受盡了閒氣閒話。更有的是遭了疊次的失敗之後，到晚年又盲了目，受著媳婦的氣。更有的是正在享老福時，他的唯一的依靠著的兒子卻死了。更有的是辛苦勤儉了一生，積著些許的錢，卻為桀傲不馴的兒子耗盡，使他在孤寂的老年，不得不東家借，西家求，叫化子似的度著日子。然而他們的苦是說得出的，數得盡的。說不出，數不盡的，只有三姑燕娟和三姑丈和修所受的苦了。在我童年時，已見他們落在艱難窮困的陷阱中了。二十年後，他們還是在這堅不可破的艱難窮困的陷阱中掙扎著。我不知他們怎樣的度過這樣悠久的二十年的時光。

祖母在二十年前便說道：「想不到和修這樣的一個忠厚的人，會落到這樣的苦境裡！」在二十年後，她還是這樣慨嘆的說道：「想不到和修這樣的一個忠厚的人，會落到這樣的苦境裡！」尤其當她見了周家的奪了他產業的兩個兄弟，如今還是興興旺旺的，舒舒服服的過著他們的生活，而且家境還一天一天的好，而忠厚的他卻還在艱難窮困的陷阱裡掙扎著時，便不禁興起「天道無知」的感慨。

祖母生了三個女兒。大姑母嫁給鄧家，她的丈夫在馬尾海軍軍官學校畢業的，和他的一個兄弟同在一個軍艦上服務。甲午中日戰爭時，他們兄弟二人一同戰死。大姑母悲悲切切的過了幾年，便也死了。我從來沒有見過她，只偶從祖母口中知道有這樣一位姑母罷了。祖母每見親戚中很顯赫的當著海軍的將校，或在與海軍有關的機關裡，每月領受乾薪，很闊綽而安閒的生活的人，便說道：「你大姑丈要不死，如今要比他們更闊了。」二姑母嫁給曾家。她的丈夫是一位能幹的少爺，他父親遠迢迢的做著雲南大理府知府。故鄉的家事，都由他一手經管。我還記得，當我少時，他常常到我們家裡來，一個瘦瘦身材的人，似乎閱歷很深的樣子。他父親死在任上，他遠迢迢的和幾位兄弟一同迎柩回鄉。他家裡頗有些產業，兄弟們又善於守成。有一所很大的住宅，自己三房住不了，還租了一半給別人。又有許多田，每年的收成，除了自己吃的以外，還可以糶給米店。此外，還有些現款，存在錢莊或靠得住的商店裡生息。他過了幾年，也死了。留下二姑母和她的三個孩子。然而衣食可以無憂，生活也很舒服。她家裡至今還有許多大理石。前年，我回故鄉時，二姑母送我許多塊大理石，夠做兩條長屏。自從我們自己的房宅為二叔賣去後，我們回鄉沒有地方可住，往往就住在二姑母家裡，她那裡空房多。祖母每次回鄉時，也住在她那裡。她也善於保存，至今還可以衣食無憂，而孩子們又都長大了，都受了大學的教育，可以賺錢了。

三姑與三姑丈

三姑母嫁給周家，她的丈夫便是忠厚無能的三姑丈和修。當三姑母初嫁時，他家裡很闊。有三個當鋪，四五個米店，十幾傾田地，在三個姑母中，要算她是最有錢的。三姑丈做著小老闆，也不賭，也不嫖，終日笑嘻嘻的坐在家裡或店裡，蒲盧蒲盧的捧了一把水煙袋吸著。他身體很強壯，圓圓而黑的臉，活現忠厚無能的神氣。他說話的聲音重濁而凝澀，往往訥訥的說不出口來，見了生客便臉紅。他也曾讀了幾年書，然而資質很壞，不久便放棄了。所以他後來連一封信也不會寫。祖母頗嫌他無用。但大家都以為像他這樣的人，像他這樣的家產，一定是一輩子坐吃不完的。他自己雖無能，卻也不至於耗敗已有的產業。

然而人事的變遷誰能預料呢？他的豐富的家產，不敗於浪費，不敗於嫖賭，卻另有第三條大路，把他的所有，都瓦解冰消，以至於單剩下光光的幾口要吃飯要用錢的人。

自他父親亡故，他的兩個哥哥便和他爭產，欺侮他忠厚無能，把壞的東西給他，自己取了好的，把少數的資產給他，自己取了多數。有一個叔叔看得不平，出來說幾句公道話，然而那兩個哥哥簡直不理會他。三姑覺得很氣憤，天天不平，天天當他的面罵他無用，不會爭。而那個叔叔也激動他到縣衙裡去告狀。他只是默默無言的，一點主張也沒有。他怕進衙門，他怕多事，他怕訴訟、告稟，他怕見官。然而他的一星憤火終於為三姑和幾個親戚鼓動了。他訥訥的請教了幾個訟師，上稟到縣衙裡去。一切事都由他那位叔叔和訟師們主持著，他自己是一點意見也沒有，一切聽任他們的排布。到了兩造同在縣官面前對質時，他的兩個哥哥都振振有詞，雖然自己取了好的，還說取的是壞的，雖然自己取了多數，還說取的是少數。三姑丈卻訥訥的，戰兢兢的，一句話也說不出。縣官問了他好幾句，他只顫聲的簡單的回答一句半句。像這樣的官司，大家知道他一定是要輸的。然而訟師們主張用賄賂，於是送了許多錢給縣官，送了許多給幕客，給胥吏。結果，總算沒有失敗，然而得到的只是「由族長偕房長尊親憑公調解」一句批語。族長房長尊親，關於這件事，調解過不止一次了。那兩個哥哥當著他們的面，又會說，又會裝腔，背後又會送點小禮物給他們。這些地方，三姑丈一點都不會。於是，尊親族長雖明知他的理直，卻不高興為他而爭；雖明知他的兩個哥哥理虧，卻不願意叫他們吐出強奪了去的資產。每次的調解總是沒有結局的散了。而他的兩個哥哥仍占著多數好的資產，他仍只占壞的少數的東西。這一次，縣官雖批著要族長房長尊親憑公調解，結局還不是和從前一樣麼？而族長房長尊親更可以藉口「調解不下」，仍把這個原案交還了縣裡去，求太爺去發放。於是，又審問了，三姑丈又要花了一筆大款子送給縣官，送給幕客和胥吏，而幾個訟師也吃著他的，用著他的，另外還得了不少的酬報。祖父知道了這個消息，曾寫了好幾封信，再三的勸戒他不要再打官司了。寧可吃些虧，不可再爭訟。然而，事已至此，他已騎上馬背，為幾個訟師把持著，且已用了許多錢，要休訟也是不能由他自主的了。一天天的，一年年的拖延下去，他已把分得的一大半資產耗費在爭訟上頭了。他終日皺著眉，心裡搖搖無主的，一點方法也想不出。他又想休訟，心裡又不服他哥哥們的強奪。三姑時時指著他當眾人之前罵他無用。他用笨重的語聲艱澀的答道：「那末，由你出頭去辦好了。」

三姑道：「虧得你是一個男子漢！要是沒有你在，我自然可以出頭去辦了。誰都不像你這麼無用，沒本領！」

他又是默默無言的，圓圓而黑的臉上，罩上了一層薄薄的愁雲。

他真的，每次得到祖父的去信後，總決心的想從此休訟，保存著那剩下的些少產業。然而，等到和訟師們一商量，又受他們極力的鼓動，教他不要從此息手。他如要從此息手，他們的這一大筆收入便將絕源了！

他們道：「事情已到了這個地步，且已用了這許多錢，如果中途而廢，豈不前功盡棄。且現在準有可得勝訴的機會。前天縣裡丁大爺來說過了，只要五六千，太爺便可答應了。等到你贏了官司，大房子、大當鋪，都是你的了，何怕耗費這些少的錢。」

他又被他們說得疑遲了，躊躇了，他又把他的決心拋到大海洋中去了。他這樣的疑遲著，躊躇著，因循著，一天天的過去，一年年的過去；他的資產就一天天的，一年年的少了，少了。得利的是縣裡的太爺、師爺、胥吏，得利的是訟師們、幫閒的人們。他分到的一個小當鋪，已經盤給別人去開張了；鄉下的幾十畝田地也已賣去了，都是為了這個無休止的不由自主的訴訟。但他還有一個米店在著，每年的收入還很可觀。有了這個米店，使親戚們對於他還顯得親熱。因為親戚們每逢要賒米時，總是要到他那裡去的。到了年底、節底，他又不好意思說硬話向他們索帳，又不會說軟話向他們求清帳。幾年來，不知給親戚們拖欠了多少的米帳。三姑每當他回家時，便告訴他道：

「剛才店裡阿二又來說了，五表舅那裡又來要了一擔米去。他去年的帳還一個錢沒有還呢，你怎麼又賒給他？」

三姑丈又只是默默無言的對著她，圓圓而黑的臉沈悶著，濃濃的雙眉微蹙著，表示出他的無可奈何，無可訴說的微愁。他當了五表舅——以及一切其他親戚——的面，米店裡現堆著一袋一袋的米，一桶一桶的米，怎麼還好說不賒呢，更怎麼說得出要五表舅還清前帳的話呢。而且五表舅近來家境的窮困，他是知道的。

米店的夥計們，上自經理，下至學徒，都知道他們的店主人是懦弱的，忠厚無能的，不會計算的，於是一個個的明欠暗偷起來。表面上這店還是顯顯赫赫的五大開間的門面，

三姑與三姑丈

米糧堆積如山，而實際上已經是「外強中乾」了。他哪裡知道這些事。三姑雖比他精明些，然而店裡的事，她又怎麼管得到，她又怎麼會知道。

於是，有一夜，更壞的事發生了。米店的經理把店裡所有的現款，預備下鄉買米的，以及親戚們存著生息的，一總席捲而去。到了第二天，經理不來店，夥計們還以為他在家有事。到了第三第四天還不來，他們跑到他家裡，而他家已搬得無影無蹤了。於是他們才知道出了事，才跑去通知三姑丈。三姑丈又是急得一籌莫展，還是一個幫閒的人替他出了一個主意，叫他先去報官。外面的人一聽見米店經理捲逃的消息。要帳的紛至沓來，要收回存款的紛至沓來，直把三姑丈急得只是跺足。家裡哪有許多現款給他們呢？而他們個個都是非要款子不可的，不給便要去告狀。而三姑也焦急得臉色都白了，一見他便悻悻的罵，說，都是他無用，才會有這事發生。好好的一個店怎麼會托給那樣的一個靠不住的王慎齋去經理；她早已說過王慎齋的靠不住了，早已囑付過要他自己去看看帳，且要把現錢多取些回家了，他總是不聽。如今，居然發生了這事，看他一家將來怎麼過活，她訴說著，戰抖抖的焦急的訴說著，雙牙咬緊著，恨不得把他吞了下去。他只是默默無言的對著她，圓圓而黑的臉上，罩上了一層愁雲，雙眉緊緊的蹙著。她焦急得無法可想，和衣躺在床上，悲切的大哭起來。他還是默默的站在房裡。他們兩個孩子，聽見他們母親的哭聲，由外面跑進房裡，驚惶的呆呆的立在床邊。老媽子連忙進來，一手一個，把他們牽了出去，低低的說道：「你媽媽生氣呢，到外邊玩玩去，不要給她打了。」

到了這個地步，最不能想法子的人也迫得你不得不想法子了。於是三姑丈一邊託人去告訴訟債主，說，款子是一定還的，請等幾天，等欠帳收齊了便送上。如果收不齊欠帳，賣了房子也是要還的。一邊便四處奔走的去討欠帳，或託人，或老了臉皮自己去。然而欠人的帳是急如星火的，個個人都是非還不可的。三姨太的款子，是她下半世的養老金，萬不能不還的；二奶奶是一個寡婦，那一筆錢還是她丈夫死時，幾個親戚為她捐集起來的，這種可憐的款子，更能不還麼？還有，好幾個大戶，是很有勢力的，好幾家商店，是很凶殘的，又都不能不一一的歸還，不歸還便吃官司。至於拖欠他的帳的人家呢，一聽見他的米店倒帳，便如皇恩大赦一樣以為從此可以不必清償了。他託人去，他自己去，去這家，去那家，誰又肯還他這一筆不必還的欠帳呢。而他又訥訥的不會說硬話，不會說軟話。於是除了幾戶厚道人家還了他一部分欠帳外，就一個錢也收不到。把這筆戔戔的收到的帳款去還那筆巨大的欠款，真是杯水車薪，一點也不濟事。於是，真的，房子也不能不賣去了，連三姑的珠寶首飾也不能不咬著牙齒，悻悻的罵著的拿出去變賣了。好容易才把債主一一打發完畢，而他自己卻已四壁蕭然，身外無長物了。於是，他們倆便開始陷落到艱難窮困的陷阱中去，永遠脫逃不出。

在這時，你便想再打官司也沒有錢可以給你打官司了；訟師們便不再來勸他堅持到底，而這場爭產的官司，便如此無聲無臭地終止了。

一個忠厚無能的男人，一點本領也沒有；一個精明的，負氣的，從幼沒受過苦的女人；兩個從襁褓中便嬌養慣了的孩子，突然的由好吃好著，安安逸逸的境遇中一變而窮困萬狀，典衣質裳而舉火，愁米憂柴而度日。他們簡直如由這個世界而突然遷入別一個世界，如魚登陸，如獸入水，如人類至火星上，一切生活的習慣與方法都要從底變換起。這夠多麼苦惱，悲戚，憂悶！從前住的是三進的大廈，只怕人少寂寞，還招致了好幾家近親同住，不要他們的房租，如今是自己要住到別人邊房裡去了。那房子只有兩小間，小得可憐，只夠放下一架床，一張桌子，還要一塊錢一個月的房租，不能拖欠。從前吃的是大魚大肉，還嫌廚子燒得不好，穿的是綢綾絹緞，還要揀選裁縫匠，要他做得新式，如今卻連蔬菜也還是勉強吃得到，至於肉腥兒，真要好幾天才可見到一點兒。穿的是藍布粗衣，還不敢時時的換洗，怕洗壞了不能再做。從前是人家天天來見他們，來求他們，仰面而望著他們的顏色，少奶長，舅爺短的，真如燈蛾兒趕著向旺處飛，如今卻要他們去仰面而望著別人家的顏色了，卻要去求別人家的資助了。他們所見的已不是那些微笑而諂媚的臉孔，而是那些冷板板的如冰如霜的面目了。他們看得幾塊錢，真如流水似的，如落葉似的，送去了，用去了，一點也不在乎，如今卻看得一個小錢如泰山之重，如性命之可寶貴了。

誰想得到這一個雖忠厚無能而守成則有餘的三姑丈，竟會弄到這樣的一個地步，竟會陷落到這樣的一個艱難窮困的陷阱中呢？祖母知道了三姑丈米店倒閉的消息時，還不曉得他們竟是如此的一落千丈，如此的無以度日。直到了她回歸故鄉，見了三姑和三姑丈，三姑向她仔細的哭訴著時，她才完全知道他們的近況。她不禁嘆了一口氣道：「想不到和修這樣的一個忠厚的人，會落到這樣的苦境裡！」而她見三姑鴨蛋形的臉，因愁苦而益顯得長而憂鬱；向來微黃的氣色，因焦急而益覺得黃澄澄的如久病方愈；而她向來多言善語的脾氣，如今也變了鬱鬱寡言；向來愛爭強，喜做面子的性情，如今也變而為退後謙讓；向來衣綢穿緞，珠圍翠繞，如今卻一變而為質質樸樸的藍布粗衣時，更不禁的落下了幾滴傷心的憐惜的酸淚。從此以後，她見親戚中要找女婿的，便勸他們不要只看夫家的家道豐厚，不要只看女婿的忠厚老實，這些都是不足恃的，而忠厚老實更是無用無能的表示。找女婿第一要看他的才幹，要看他有沒有自立的能力。有能力的便家道清貧些也不要緊。

他們住在故鄉，一年兩年，實在支持不住了。其初還希望把米店欠帳陸續的討取回來，可以借此度日；然而碰了幾次大釘子之後，他們才知道倒店後的欠帳，有如已放生於

三姑與三姑丈

大海中的魚蝦，再也不會物還原主的了，去問他們索還這些欠帳，簡直比向他們借債還難。他們一個個都板起臉孔來對付三姑丈，粗言粗語的彷彿這些欠帳已奉旨免收，再去索取，便等於「大逆不道」似的。他們在希望盡絕之後，在無米少柴之際，三姑雖然傲骨猶存，三姑丈雖然訥訥的不敢向人開口，然而飢餓卻迫著他們不得不開口向親戚們求資助。求資助，這真是一件難如登天的事。誰有多餘的錢肯資助窮困的親戚呢？便是他們自己，在家道還興旺之時，每見親戚們訥訥的，躊躇的，又要開口又不敢開口的向他們求資助時，還不是也曾覺得有些憎厭麼？還不是嘴裡雖不說，而心裡卻在說道：「真討厭，又來了，哪裡有那許多閒錢來給他們」麼？

三姑終日焦急著，變得黃瘦得不堪，她沒有法子出氣，只好一見三姑丈的面便囉囉嗦嗦的罵著。三姑丈還是那樣的一副圓圓而黑的臉，顯著渾厚無用的神氣，默默的靜聽著她的尖利的謾罵。有時只是簡短的回答道：

「是了，是了。盡罵我，又不會罵出米來，柴來。」

三姑道：「不罵你還罵誰！年紀輕輕的，一點事都沒本領去做。人家一個個的都會賺錢回來養家；連五舅的笙哥也會賺錢了！四表姊家裡，從前是多麼窮苦，如今也買起田地來了！只有你沒用的東西，一點事都沒本領去做！好好的一份家當，反都弄得精光！虧你還有臉在家吃飯！不知我……」

她說得悲戚起來又和衣倒在床上幽怨的低哭著，心裡是千愁萬恨的，說不出怎樣的苦悶。除了憎怨自己的命運的惡劣外，更想不出這是誰的罪過，使她受如此的苦。

祖母知道她無以度日，便接了她出來，住在我們家裡。三姑丈和兩個孩子也同來。三姑是一個精細的明白人，她曉得這一次的回母家，不是像姑娘們回家來玩幾天的，可以發發脾氣，而人家也都會客客氣氣看待如看待一個嬌貴的客人。她是來寄食的，她現在是貧窮了的人。她很明白自己的地位。她一切都謙讓退後。對嫂嫂們，對侄兒、侄女們，對底下人們，都和和氣氣的。坐在飯桌上吃飯，好菜是向來不肯下箸去挾的；一頓飯吃不了一點點的菜。有時，她的兩個孩子，吵著要外公面前的好菜吃，她便狠狠的釘了他們幾眼，釘得他們不敢再開口，只是眼光光的看著母親，連飯也不敢吃。老媽子忘記了倒她的洗臉水，她也不開口。大門外有叫賣雜食的擔子，喊著挑過去，家裡的孩子們都飛跑的出去要買，她的兩個孩子也跟了大家跑。然而三姑卻厲聲的叫道：「依桐，依榆，你們到哪裡去？」那兩個可憐的孩子只好伏伏貼貼的縮住了腳步。啊！一個好強的精明的人，境遇竟使她不得不強制著她自己：把她自己的剛強的性格壓伏著，把她自己的傲慢自尊的心情收拾起！她哪一天不是鬱鬱的。她住在這裡如坐在針氈上似的，在故鄉雖然時時要愁米憂柴，反覺得快樂自在。母家的人看待她都很好，然而她總覺得不自在。她對三姑丈也不當面的諷罵了，她知在別人家裡不便罵人，對孩子們也不一耳光一耳光的打過去了，她怕他們哭，驚擾了別人。她每逢恨起來，只是咬緊了牙，把一切苦辣酸辛都向自己肚裡吞下去。這是如何難忍的苦悶，如何難忍的悲楚！

三姑丈還是那樣渾渾沌沌的，一天不做事，也不想找事做，只是捧了一把水煙袋，坐在客廳的椅上蒲盧蒲盧的吸著水煙，彷彿他心裡一點心事也沒有，且一點也不覺焦急、苦悶似的。這使三姑更覺得生氣。

她很喜歡打麻雀，從前在家裡是常常打的。如今嫂嫂們約她打時，她總是託辭拒絕。她聽見牌聲花啦的倒在牌桌上，她聽見清脆的洗牌聲，打牌聲，她聽見牌桌上的笑聲，有大牌時驚愕的叫聲，她聽見瑣瑣絮絮的和牌後的訴說聲，她聽見輸家怨怨切切的罵牌聲。許多人都圍在牌桌看著，而她卻堅忍的不出房門一步。她手癢癢的，心臟跳跳的，渴欲一試，然而她卻勉強的制服了她自己的慾望。她真受不了那樣的痛苦！

她在我們家裡住不上一年，便對祖母說，她要回家。她的話一說出口是不能挽回的，她的主意一打定，也是任怎樣也改不過來的。祖母留不住她，便只好讓她帶了兩個孩子乘閩船回去，答應每月寄一點津貼給她零用。而祖父卻留住了三姑丈，說回家是一定不會有事做的，不如在此看看機會，也許有什麼小局面，可以替他設法。

三姑丈在此住了不久。鳳尾山的漁戶們派了代表來見祖父，訴說現在的「會館主」不會辦事，要求祖父另行推薦一個人。鳳尾山是海門外的一個海島，島上的居民都是打漁為生的，且都是閩人。山上的管理權，實際上是在所謂會館主的手裡。所謂會館主，便是福州會館的一個管事者，一面代表全山漁民，向當地官府交涉一切關於山上的事，一面算是眾漁戶公推的管理人，山上的一切公益事務，都要由他主持，連夫妻間的吵架，也都要向他控訴，求他批判是非。這個會館主大概要是一個讀書人，見過世面的，有力量的，可以見官見府，可以向他們保釋山上因鬧事被捉的漁戶的。而眾漁戶便每年湊集了一筆款子送給他維持生活，以為報酬。如遇漁市興隆時，他也著實可得一批款子。這個會館的成立，祖父是主持最力的一個人，且曾親自上山為他們籌劃一切，親自向同鄉中有錢的人，為他們募款來建築這個會館，所以漁戶每次要會館主時，總是向祖父要求推薦一個人，每次覺得會館主不稱職，不滿眾望時，也必向祖父要求撤換了他，而另舉一人。這一次，他們又來了。祖父便想起一個窮苦的遠房兄弟來，他恰恰也賦閒著，便薦了他去，叫三姑丈也跟了去，可以分到一點好處。三姑丈到鳳尾山去，而且要去分得些會館主應得的一部分利益，是沒有人會反對的；因為會館的大殿，乃是他父親生前獨資捐建的。周家大老闆的名望，山上沒有一個人不知道，他的兒子去做會館主的助手，誰還會反對。要是三姑丈有本領，可以見官見府的話，他要做會館主是再容易沒有的。只是他自己知難而退，曉得一定不能勝任，所以寧退居於助手。他到了山上半年一年，還是一個錢也不能寄回家。他除了吃一口飯以外，實在不曾得到一個小錢。那個會館主是很有心計的，他用種種的方法，來欺瞞這個忠厚無能的三姑丈，使得他一個錢也得不到；所有的錢，一總都落在他自己的袋裡去，完全不顧祖父和他說定的口頭契約，而且一年之後，他還設法使這樣渾渾沌沌的一個忠厚人也會自己覺得山上是不能再住下去。於是三姑丈下山了，而會館由他一個人獨占了去。祖父對於這事很不高興，但也不便和他變臉，因為山上漁戶和他還相安，便任他當會館主下去。而三姑丈在外已久，覺得很想家，便也回到故鄉了。他們一家四口，又如前的過著無米少柴的困苦萬狀的生活，而他又默默的靜聽著三姑尖利的無休止的諷罵的話。他圓圓而黑的臉上，只微微的罩上了一層薄薄的愁雲，雙眉微微的蹙著。

如此的過了八年，十年，十五六年，他們總還是沈陷在這樣艱難窮困的泥澤中而不能自拔。其間，三姑又曾到過我們家裡住了幾次，卻終於每次都住了不久便回家。其間，三姑丈也曾有過幾次小差事，然都僅足維持一時的生活，且都不久便又失業了。我不知這悠久的歲月，在他們是怎樣的度過去的，這窮阨萬狀的生活，在他們是怎樣能活下去的！這一對年輕力壯的夫婦！

前年，我回歸故鄉時，見到三姑，她還是那樣黃瘦而鬱鬱的。兩個表弟已經都有十三四歲了，因為不曾讀過書，進過學堂，也都是渾渾沌沌的大有父風。三姑丈因為實在窮得無法，且在家裡為三姑諷罵得實在無可容身，便投身於警察廳裡，當了一名長警。他終日忙碌著，有公事在身，很不容易回家。直到我見到三姑後的第三天晚上，他才得請假回來，和我相見。他穿著黑布的警服，還是滿臉的忠厚無用的樣子。他對我說起當巡警的苦楚。天一亮就要起床，冰冷的天氣還要執槍早操。腿微彎了一點，便要被巡官不留情的拔出指揮刀重打幾下。一天倒有半天時間在站崗、出差。還有，幾天便輪到一次夜班，那更是苦了。冷清清的立在街頭巷尾。要是偷偷的依牆睡一下，被巡夜的警官查見，第二天便要打幾十下軍棍了。我以前，每見雄糾糾的長警，便以他們為具有無限權力的人，是管人，不是被人管的，不料內幕裡卻有如此的苦處。我更想不到忠厚無能的三姑丈竟會受得住這樣的勞苦辛勤。

又有三年不知道他們的消息了。等到他們的消息再給我知道時，卻有一個更壞的消息，報告三姑丈的病亡的。據祖母說，他病死的前半年，更受盡了人家不曾受過的苦楚，三姑也是這樣。一直到了死，他才脫離了這個苦境，三姑也方才脫離了這個苦境。在那半

三姑與三姑丈

年前，他不知為了什麼緣故，竟遭巡官責打了幾十下軍棍而被革退。他棍瘡發作，又沒錢去請外科。如此的睡躺在床上，流著膿血，不能起床，以至於死。三姑一面侍候他，一面還要張羅家中的柴米，那辛苦與焦急，真是不忍令人去想像。

他臨死的幾天前，三姑還是噥噥咕咕的諷罵著，他還是那樣的默默無言的對著她，雙眉緊蹙著，圓圓而黑的臉上罩上了一層薄薄的愁雲，有時還輕輕的嘆著氣，這是他從來所沒有的。無論遇到如何痛苦的境況，他從來不曾嘆過氣。人家說，這是他將死的徵象。

他死了，一切的喪事費用，都是靠著幾家近親的賻贈。他死了，冷冷清清的一口薄材，一個妻，兩個孩子哭著送他上厝所，再沒有別一個來送喪。他死了，也許在他反是脫離了人世的苦海與艱難窮困的陷阱。然而被留下的是三姑，是兩個孩子，他們還在這個永不能衝破的陷阱中掙扎著，只是少了一個同囚的人了。

奪了他資產的兩個哥哥，如今還是興興旺旺的，舒舒服服的過著生活，而且家境還一天一天的好。祖母一想起，便要感慨嘆息於天道的無知。

九叔

九叔

九叔在家庭裡，占一個很奇特的地位：無足輕重，而又為人人的眼中釘，心中刺；個個憎他，恨他，而表面上又不敢公然和他頂撞。他走開了，如一片落葉墮於池面，冷漠漠的無人注意。他走開了，從此就沒有一個人在別人面前再提起他，也沒有人問起他的近況如何，或者他有信來沒有。只有大伯父還偶然的說道：「老九在湖州不曉得好不好。去了好幾個月一封信也沒有來過。」只有大姆還偶然的憶起他，說道：「九叔的脾氣不大好，在那邊不曉得和同事住得和洽否？」

但是，九叔的信沒有來，九叔他自己不久卻回來了，他回來了照例是先到大姆的房門口，高聲的問道：

「大嫂，大嫂，在房裡麼？大哥什麼時候才可回家？」

他回來了，照例是一身蕭然，兩袖清風，有時弄得連鋪蓋也沒有，還要大姆拿出錢來，臨時叫王升去買一床棉被給他。

他回來時，照例是合家在背後竊竊的私議道：「討厭鬼這末快又來了！」人人心中是說不出的憎和恨，家庭中便如一堆乾柴上點著了火，從此多事，雞犬不寧。

他是伯祖的第二姨太太生的，他出世時，伯祖已經有六十多歲了。伯祖死時，他還不到八歲，於是大伯父便算是他的嚴父，他的嚴師，不僅是一個哥哥。他十歲時，跟了幾個兄弟一同上學。是家裡自己請的先生。今天是誰逃學，不用說，準是他；今天是誰挨了先生的打，不用說，準是他；今天是誰關了夜學，點上燈還在書房裡「子曰，子曰」的念著，不用說，也準是他。好容易兩年三年，把《四書》念完了，念完了他的責任便盡了，由「大學之道」造成「則亦無有乎爾」止，原文不動的交還了先生。說到頑皮，打架，他便是第一。帶領了滿街的孩子在空地上操兵操，帶領的是誰，不用說，準是他；拋石塊到鄰居的窗戶裡去的是誰，不用說，準是他；把賣糖果的孩子打得哭了，跑到家裡來哭訴，惹禍的是誰，不用說，也準是他。

大伯父實在管不了他，只好嘆了一口氣，置之不理。他母親是般般件件縱容他慣的，大伯父要嚴管也不敢。但他怕的還只有大伯父，不僅在小時候是怕，到了大時還是怕。「大哥」是他在家庭中唯一的畏敬的，唯一的說他不敢回口的人。

他母親死時，他已經二十多歲了，便常在外面東飄西蕩，說是要做買賣，說是要找事做，說是到上海去，說是到省城去。不知在什麼時候，祖父留給他的一份薄產，他母親留給他的一份衣服首飾，都無形無蹤的消沒了，他便常在父親家裡做食客，管閒事，成了人人的眼中釘，心中刺，鬧得雞犬不寧。

自從大伯父合家搬到上海來後，二嬸、五嬸也都住在一處，家庭更大，人口更雜，九叔也成了常住的客人，而口舌更多。他每次失業，上海是必由之路，而大伯父家便是他必住之地。他的失業，一年二年不算多，而他的就事，兩月三月已算久。於是家裡的人個個都捲在憎與恨的旋風中，連李媽也被捲入，連荷花也被捲入。五嬸是表面上客客氣氣，背後諷刺批評；二嬸是背後囉囉唆唆，表面上板著面孔不理他。而九叔和她便成了明顯的不兩立的敵人。

九叔愛管閒事，例如：荷花手裡提著開水壺，要去泡水，經過他的面前，他便板著臉說道：「荷花，你昨夜又偷吃五太太的餅乾嘛？大太太不捨得打你。再偷，我來打！」這時，廚房裡鏘的一聲，表明郭媽洗碗時又打碎了一隻，九叔便連忙立了起來，趕到廚房裡說道：「又打碎碗了！好不小心的郭媽！要叫大太太扣下工錢來賠。這樣常打碎東西還成麼！」李媽又由樓上抱了小弟弟噔噔的走下樓梯。「李媽，」九叔又叫住了她：「把小弟弟抱到哪裡去？當心太陽。不要亂買東西給他吃，吃壞了你擔當不起。」李媽嘈嘟著嘴答道：「又不是我要抱他出去！是五太太她自己叫我抱他去買十錦糖的。」

他是這樣的愛管閒事。於是在傍晚的廚房裡竊竊的罵聲起來了：「一個男子漢，沒出息，不會賺錢，吃現成飯，倒愛管人家的閒事！」朦朧的燈光之中，照見李媽、郭媽和荷花，還有四嬸用的蔡媽和廚子阿三。

九叔的吵鬧得合宅不寧，例如：他天天閒著沒事做，天天便站在二嬸、五嬸，隔壁的黃太太，還有二姨太的牌桌旁邊，東張張，西望望，東指點，西教導，似乎比打牌的人還熱心。「看了別人的牌，不要亂講。」黃太太微笑的禁阻他，二嬸便狠狠的釘了他一眼。有一次，二嬸剛好聽的白板，二索對倒，桌上已有紅中一對碰出，牌很不小，她把聽張伏在桌上，故意不讓九叔看見。九叔生了氣道：「不看就不看，我還猜不出？一定有一對白板！對家和數很大，你們白板大家不要打。」而這時，黃太太剛好摸到一張白板，正要隨手打出，聽他一說，遲疑了一下，便換了一張熟牌打出。結局是二嬸沒有和出。她忍不住埋怨道：「愛看牌就不要講話！東看西看的，什麼牌都知道了。」

九叔光了眼望她道：「二嫂說什麼，我又沒有看見你的！自己輸急了，倒要埋怨別人！」

要不是黃太太和五嬸連忙笑勸，一場大鬧是絕不免的。看了黃太太和五嬸的臉上，看了打牌的份上，二嬸只好唧嘟著嘴，忍氣吞聲的不響，而九叔也只好唧嘟著嘴，忍氣吞聲的不響。

這一場牌的結果，二嬸是大輸，她便囉囉唆唆的在房裡罵了九叔半夜。九叔便是她輸錢的大原因。她的牌剛剛轉風，九叔恰來多嘴，使她這一副牌不和；這一副牌不和，便使

九叔

她一直倒楣到底。這罪過不該九叔擔負又該誰擔負的？

「好不要臉，一個男子漢，三十多歲了，還住在哥哥家裡吃閒飯，管閒事。有骨氣的人要出去自己賺錢才好。不要臉的，好樣子！愛管閒事……吃閒飯！好樣子！」她的罵話，顛之倒之是這幾句。

不知以何因緣，她罵的話竟句句都傳入九叔的耳朵裡。第二天，大伯父出門後，九叔就大發雷霆了，瘦削的臉鐵青鐵青的，顴骨高高突出，雙眼睜大了，如兩隻小燈籠，似欲擇人而噬。手掌擊著客廳的烏木桌，啪啪的發出大聲，然後他的又高又尖的聲帶，開始發音了：

「自己輸急了，反要怪著別人，好樣子！我吃的是大哥的飯，誰配管我！我住的是大哥的家，愛住便住，誰又配趕我走！要趕我，我倒偏不走！怕我管閒事，我倒偏要管管！大哥也不能掮我走！大哥的家，我不能住麼？快四十的人了，還打扮得怪怪氣氣的，好樣子！自己不照照鏡子看！」

這又高又尖的指桑罵槐的話，足夠使二嬸在她房裡聽得見，她氣得渾身發抖，也顫聲的不肯示弱的回罵著：

「好樣子！一天到晚在家吃閒飯，生事，罵人！配不配？憑什麼在家裡擺大架子！沒有出息的東西，三十多歲了，還吃著別人的，住著別人的，好樣子！沒出息！……」

二嬸的話，直似張飛的丈八蛇矛，由二嬸的房裡，恰恰刺到他的心裡，把他滿腔的怒火撥動了。他由客廳跳了起來，直趕到後天井，雙手把單衫的袖口倒捲了起來，氣沖沖的彷彿要和誰拚命。

他站在二嬸窗口，問道：「二嫂，你罵誰？」

二嬸顫聲的答道。「我說我的話，誰也管不著！」

「管不著！罵人要明明白白的，不要棉裡藏針！要當面罵才是硬漢！背後罵人，算什麼東西！好樣子！輸急了，倒反怪起別人來。怕輸便別打牌！又不是吃你家的飯，你配管我！二哥剛剛有芝麻大的差事在手，你便威風起來，好樣子！不看看自己從前的……」

二嬸再也忍不住了，從椅上立起來，直趕到房門口，一手指著九叔，說道：「你敢說我……大伯還……」她的聲音更抖得利害，再也沒有勇氣接說下去。

九叔還追了進一步：「誰敢說你，現在是局長太太了！有本領立刻叫二哥回來吞了我。一天到晚，花花綠綠，怪怪氣氣的，打扮誰看。沒孩子的命，又不讓二哥娶小。醋瓶子，醋罐子！」

這一席話，如一把牛耳尖刀，正刺中二嬸的心的中央。她由房門口倒退了回來，伏在

九叔

床上號啕大哭。

這哭聲引動了全家的驚惶。七叔和王升硬把九叔的雙臂握著，推了他出外，而五嬸、大姆、李姆、郭姆、荷花都擁擠在二嬸的身邊，勸慰的語聲，如傍晚時巢上的蜜蜂的營營作響，熱鬧而密集。

他是這樣的鬧得合家不寧。

等到大伯父從廳裡回家，這次大風波已經平靜下去了。九叔不再高聲的吵鬧，二嬸也不再號啕，不再啜泣。母親和五嬸已把她勸得不再和「狗一般的人」同見識，生閒氣。

這一夜在房裡，大姆輕喟了一口氣，從容的對大伯父說道：「九叔也閒得太久了，要替他想想法子才好。」

大伯父道：「我何嘗不替他著急。現在找事實在不易。去年冬天，好容易薦他到奔牛去，但不到兩個月，他又回來了。他每次不是和同事鬧，便是因東家撤差跟著走。這叫我怎麼辦。他的運氣固然不好，而他的脾氣也太壞了。」

大姆道：「你想想著，還有別的地方可薦麼？你昨天不是說四姊夫放了缺。何不薦他到四姊夫那裡去試試？」

大伯父道：「姑且寫一封信試試看。事呢，也許有，只怕不會有好的輪到他。」

第三天早晨，九叔動身了。他走開了，如一片落葉墮於池面，冷漠漠的無人注意。他走開了，從此就沒有一個人在別人面前再提起他，也沒有人問起他的近況如何，或者他有信來沒有。只有大姆還偶然的憶起他，只有大伯父還偶然的說起他。他走開了，家裡也並不覺少了一個人。只有一件很覺得出：口舌從此少了；而荷花的偷吃，郭媽的打碎碗，李媽的抱小弟弟出門，也不再有人去管。

這一次，他的信卻比他自己先回來。他在信上說，「四姊夫相待甚佳，唯留弟在總局，說，待有機會再派出去。」隔了幾月，第二封信沒有來，他自己又回來了。

這一次，失業只有半年多，而就事的時候也不少於半年，這是他失業史上空前記錄。他回來了，依舊是一身蕭然，兩袖清風，依舊是合家竊竊的私議道：「討厭鬼又來了！」依舊是柴堆上點著了火，從此雞犬不寧，口舌繁多。

「四姊夫太不顧親戚的情面了。留在總局半年，一點事也不派。到他煙鋪上說了不止十幾次，而他漠然的不理會。他的兄弟，他母親的侄子，他的遠房叔叔，都比我後到，一個個都派到了好差事。我留在總局裡，只吃他一口閒飯，一個錢也不見面。老實說，要吃一口飯，什麼地方混不到，何必定要在他那裡！所以只好走了！」他很激昂的對大伯父說，大伯父不說什麼，沉默了半天，只說道：「做事還要忍耐些才好……不過，路上辛苦，早

九叔

點睡去罷。」回頭便叫道：「王升，九老爺的床鋪鋪好了沒有？」

王升只隨口答應道：「鋪好了。」其實他的被鋪蓆子，都要等明天大姆拿出錢來再替他去置辦一套。

這時正是夏天。夏夜是長長的，夏夜的天空蔚藍得如藍色絲絨的長袍，夏夜的星光燦爛如燈光底下的鑽石。九叔吃了晚飯，不能就睡，便在夏夜的天井裡，拖了一張凳子來，坐在那裡拉胡琴。拉的還是他每個夏夜必拉的那個爛熟的福建調子《偷打胎》。他那又高又尖的嗓子，隨和了胡琴聲，粗野而討人厭的反覆的唱著。微亮的銀河橫亙天空，深夜的涼風吹到人身上，使他忘記這是夏天。清露正無聲的聚集在綠草上，花瓣上。而九叔的「歌興」還未闌。李媽、郭媽、荷花們這時是坐在後天井裡，大蒲扇啪啪的聲響著。見到的是和九叔見到的同一的夏夜的天空。荷花已經打了好幾次的呵欠了。

二嬸在房裡，正提了蚊燈在剿滅帳子裡面的蚊寇，預備安舒的睡一夜。她聽見九叔還在唱，便自語道：「什麼時候了，還在吵嚷著！真是討厭鬼，不知好歹！」

然而，誰能料到呢，這個討厭鬼卻竟有一次挽救了合家的阨運。真的，誰也料不到這阨運竟會降到我們家裡來，更料不到這阨運竟會為討厭鬼的九叔所挽救。

黃昏的時候，電燈將亮未亮。大伯父未回家；王升出去送信了；七叔是有朋友約去吃晚飯。除了九叔和阿三外，家裡一個男子也沒有。李媽抱小弟弟在樓上玩骨牌；荷花在替母親捶腿；郭媽在廚房裡煮稀飯。這時，大門蓬蓬的有人在敲著，叫道「快信，快信！」二嬸道：「奇怪，快信怎麼在這個時候！」她見沒人去開門，便叫正在她房裡收拾東西的蔡媽道：「你去開門罷。先問問是哪裡來的快信。」

蔡媽在門內問道：「哪裡寄來的快信？」

門外答道：「北京來的，姓周的寄來的。」

呀的一聲，蔡媽把大門開了，門外同時擁進了三個大漢。蔡媽剛要問做什麼，卻為這些不速之客的威武的神氣所驚，竟把這句問話梗在喉頭吐不出。

「你們太太在哪裡，快帶我們去見她。」來客威嚇的說道。

蔡媽嚇得渾身發抖，雙腿如瘋癱了一樣，一步也走不動，而來客已由天井直闖到客廳。全家在這時都已覺得有意外事發生了。不知什麼時候，九叔已由他自己的房裡溜到樓上來。他對五嬸道：「不要忙亂，把東西給他們好了。」五嬸顫聲道：「李媽，當心小弟弟。他們要什麼都給他們便了。」四嬸最有主張，已把金鐲子、鑽戒指脫下放到痰盂裡去。母親索索的打冷戰不已，一句話也說不出，一步路也不能走動。

九叔已很快的上了閣樓，由那裡再爬到隔壁黃家的屋瓦上，由他家樓上走下，到了弄口，取出警笛嗚嗚的盡力吹著，並叫道：「弄裡有強盜，強盜！」

弄裡弄外，人聲鼎沸，同時好幾隻警笛悠揚的互答著。

那幾個大漢，匆匆的由後門逃走了，不知逃到哪裡去。家裡是一點東西也沒有失，只是空嚇了一場而已。

大姆只是念佛：「南無阿彌陀佛！虧得菩薩保佑，還沒有進房來！」

五嬸道：「還虧得是九叔由屋瓦上爬過黃家，偷出弄口吹叫子求救，才把強盜嚇跑了。」

大姆輕鬆的嘆了一口氣道：「究竟是自己家裡的人，緩急時有用！」

誰會料得到這合家的眼中釘、心中刺的九叔，緩急時竟也有大用呢？

然而，誰更能料到呢，這合家的眼中釘、心中刺的九叔，過了夏天后，便又動身去就事了呢？而且這一去，竟將一年了，還不歸來。

誰更能料到，九叔在一年之後歸來時，竟不復是一身蕭然呢？他較前體面得多了。身上穿的是高價的熟羅衫，不復為舊而破的竹布長衫；身邊帶的是兩口皮箱，很沉重，很沉重的，一隻網籃，滿滿的東西，幾乎要把網都漲破了，一大捲鋪蓋，用雪白的毯子包著，不復是「雙肩擔一嘴」的光棍；說話是甜蜜蜜的，而不復是尖尖刻刻的謾罵。

五嬸道：「九叔發福了，換了一個人了。」

他回來時，照例先到大姆的房門口，高聲的問道：

「大嫂，大嫂，在房裡麼？大哥什麼時候才可回家？」

他回來了，合家不再在背後竊竊的私議道：「討厭鬼又來了！」

他回來了，家裡添了一個新的客人，個個都注意他的客人。大姆問他道：「九叔，聽說發財了，恭喜，恭喜！有了九嬸嬸了麼？」

他微笑的謙讓道：「哪裡的話，不過敷衍敷衍而已。局裡忙得很，勉強請了半個月的假，來拜望哥嫂們。親是定下了，是局長的一個遠房親串。」他四顧的看著房裡說道：「都沒有變樣子。家裡的人都好麼？」荷花正在替大姆捶腿背。他道：「一年多不見，荷花大得可以嫁人了。」

合家都到了大姆的房裡，二嬸、五嬸、七叔，連李媽、郭媽、蔡媽，擁擁擠擠的立了坐了一屋子，都看著九叔。

五嬸問道：「九叔近來也打牌麼？」

「在局裡和同事時常打，不過打得不大，至多五十塊底的。玩玩而已，沒有什麼大輸贏。」九叔答道。

飯後，黃太太也來了。她微笑的問道：「下午打牌好不好？九叔也來湊一腳罷。橫豎在家裡沒事。只怕牌底太小，九叔不願意打。」

九叔道：「哪裡的話。大也打，小也打。不過消遣消遣而已。」

花啦一聲，一百三十多張馬將牌便倒在桌上，而九叔便居然上桌和黃太太、二嬸、五嬸同打，不再在牌桌旁邊，東張張，西望望，東指點，西教導，惹人討厭了。

誰料到九叔有了這樣的一天。

這時正是夏夜。夏夜是長長的，夏夜的天空蔚藍得如藍色絲絨的長袍，夏夜的星光是燦爛如燈光底下的鑽石。在這夏夜的天井裡，只缺少了一個九叔，拉著胡琴，唱著那熟悉的福建調子《偷打胎》。微亮的銀河橫亙天空，深夜的涼風，吹到人身上，使他忘記這是夏天。清露正無聲的聚集在綠草上，花瓣上。在這夏夜的後天井裡，同時還缺少了李媽、郭媽、荷花們，也不見大蒲扇的啪啪的響著，也不見荷花的打呵欠。

上房燈光紅紅的，黑壓壓的一屋子人影。牌聲悉悉率率的，啪啪噼噼的，打牌的人，叫著，笑著，而李媽、郭媽、荷花們忙著裝煙倒茶，侍候著他們打牌的人。

三年

三年

月白風清之夜，漁火隱現，孤舟遠客。「忽聞江上琵琶聲，」這嘈嘈切切之音，勾引起的是無限的淒涼。繁燈酣宴，酒餚狼籍，絮語瑣切，高談驚座，以箸擊桌而歌，若醉，若醒，這歌聲所引起的是燠暖繁華之感。至若流泉淙淙，使人有崇潔之意，松風颯颯，令人生高曠之思，洞簫幽細，益增午夜的靜悄，胡琴低昂嗚咽，奏出難消的愁緒，這些聲調都是可知的，現世的，是現世的悲歡，是現世的愉悶，是現世的情懷。獨有在沈寂的下午，紅紅的午日晒在東牆，樹影花影交錯的印在地上，而街頭巷尾，隨風飄來了一聲半聲的盲目的算命先生的三弦聲，這簡單而熟悉的錚錚噹噹之聲，將勾引起你何等樣子的心緒呢？這心緒是不可知的，是神祕的，是渺茫的，是非現世的。這錚錚噹噹的簡單而熟悉的三弦聲，彷彿是一個白衣天使的幽微的呼喚，呼喚你由現世而轉眼到第二世界，呼喚你由狹窄的小室而遊心於曠燕無邊的原野。這錚錚噹噹的簡單而熟悉的三弦聲，彷彿是運命她自己站在你面前和你叨叨絮絮的談著，你不能避開了她的灰白如死人的大而悽慘的臉，你不能不聽她那些淡泊無味而單調的語聲。呵，這錚錚噹噹的簡單而熟悉的三弦聲，雖只是一聲半聲，由街頭巷尾而飄來你的書室裡，卻使你受傷了，一枝兩枝無形的毒箭，正中在你的心。

誰都曾這樣的受傷過，就是十七嫂的麻木笨重的心裡，也不由得不深深的中了一箭。

她茫然的，抬起板澀失神的眼來，無目的地注在牆角的蛛網上，這蛛網已破損了一角，黑色的蜘蛛，正忙著在修補。桃樹上正滿綴著紅花。階下的一列美人蕉，也盛放著，紅色、黃色而帶著黑斑的大朵的花，正伸張了大口，向著燦爛的春光微笑。天井裡石子縫中的蒼苔，還依舊的蒼綠。花臺裡的芍藥，也正怒發著紫芽。十七嫂離開這裡的故家，不覺的已經三年了。如今重來時，家裡的一切都還依舊，天井裡的一切都還依舊，只有她卻變了，變了！這短短的三年，使她由少女而變為婦人，而無憂無慮的心，乃變而為麻木笨重，活溜溜的眼珠，乃變而板澀失神，微笑的桃紅色的臉乃變而枯黃，憔悴，慘悶。這短短的三年，使她經歷了一生。她的一生，便是這樣的停滯了，不再前展了，如一池死水似的，灰藍而穢濁的停儲著。她這樣茫然的站在天井裡。由街頭巷尾隨風飄來一聲半聲算命先生的三弦聲，便在她麻木笨重的心裡，也不由得不深深的中了一箭。運命她自己似乎正和她面對面的站著。

「姑姑，快來看，新娘子回來了！」她的一個五歲的侄女，圓而紅潤的臉上微笑著，由大廳裡跑跳了來向她道。她的小手，強塞入她姑姑的手裡，「姑姑，去看，快去。新娘子還帶了紅紅金金的許多匣子東西回來呢。」

她渺茫的，空虛的，毫無心緒的，勉強牽了這個孩子的小手，同到前面大廳裡來。

新娘子是她的第三弟媳，前三天方才娶進門的。她自出嫁後，三年中很少歸寧到兩天以上。這一次是破例，因為有了喜事，所以四嬸，她婆婆，特別允許她多住幾天。

十七嫂在九歲時，她母親曾有一天特別的叫了一個算命先生進門，為她算算將來的運命。錚錚噹噹的三弦聲，為小丫頭的叫聲「算命的，算命的，」而中止。小丫頭執著盲目的算命先生的探路竹棒的一端，引了他進來。他坐在大廳的椅上說道：「太太，要替誰算命？男命？女命？」

她母親道：「是女命。九歲。屬虎。七月十六日生。」

算命先生自言自語的念了許多人家不懂的術語後，便向她母親道：「太太，我是喜歡說直話的，有凶說凶，有吉說吉，不能瞎說騙錢，太太，是麼？這命可是不大好，命中注定要克……太太，這命，雙親都在麼？」

「父親已故，母在。」

「是的，命中注定要克父。不要出嫁得太早，二十四五歲正當時。出嫁早了，要克子。太太，這命實在硬。太太，我是喜歡說直話的，有凶說凶，……」

小丫頭仍舊領了這瞎子出門。錚錚噹噹的三弦聲又作了，由近而漸遠，漸漸的消失於街頭的喧聲中。這時，天井裡幾樹桃花正盛開著，花臺裡的芍藥，正怒發紫芽，而蜘蛛也正忙著在牆角布網。十七嫂帶著紅紅的一個蘋果臉，正在階前太陽光中追逐著一隻小黑貓。她毫不罣念著她未來的運命。煩惱她的，只有：她的一雙耳片，還隱隱的作痛。前天她母親才請隔壁的顧太太替她穿了耳環孔，紅色的細線，還掛在孔中。顧太太的手不會發抖，短短的針，很俐落的便在粉嫩的耳片中穿過了。當時並不覺得怎麼痛，所以戚串和鄰居都喜歡請她穿女孩子們的耳環孔。十七嫂的兩個姊姊，也都前後由顧太太的手，替她們穿了耳環孔。她是她家裡最小的女孩，顧太太穿了她的耳片後，要等她家第二代的女孩子們長成後，才再有這個好買賣呢。

春天，秋天，如在北海上面溜冰的人似的，很快的，很快的一個個滑過去了，十七嫂不覺的已經二十歲，這正是出嫁之年，也許已經是太遲了些。十七哥這時正由北京學校裡畢業回家。四叔和四嬸忙著替他找一房好媳婦，而十七嫂遂由媒婆的撮合，做了十七哥的新娘子。

新房裡放著一張大銅床，是特別由上海買來的，嶄新的綠羅帳子，方整的張在床架上。兩隻白銅的帳鉤，光亮亮的勾起了帳門。帳眉是繡了許多、許多花的紅色緞子，還有兩個繡花的花籃式的飾物，懸了帳門兩邊。桌子、椅子、衣架、皮箱、鏡櫥、鏡框，都是嶄新的，幾乎可以聞得出那「新」味來。窗前的桌上，放著一對高大的錫燭臺，上面插著寫著金字的大紅燭，還放著幾隻嶄新的茶碗茶杯。床底下是重重疊疊的堆著大大小小的金漆的衣盆、腳盆之類。這房間一走進去便覺得沉沉迷迷的，似有無限的喜氣，「新」氣。

四嬸看待新娘子又是十分的細心體貼。新少奶長，新少奶短，一天到她房裡總有七八趟。吃飯時，總要把好菜揀在她碗裡；「新少奶不要客氣，多吃些菜。」早上，十七嫂到上房問好時，她總要說：「新少奶起得這末早！沒事不妨多睡睡。」

十七嫂過門一個月後，四叔便署理了天臺縣。四叔在浙江省做了二十年的小官僚，候補的賦閒的時間總在十二三年以上；便放出差來也是苦差，短差，從沒有握過正印。這一次的署理天臺縣正堂，直把全家都喜歡得跳起來，四嬸竟整三天的笑得合不攏嘴。她在飯桌上說道：「都是靠新少奶的福氣！」

她過門的第三個月，又證明了有孕在身。這使四嬸特別的高興。她說道：「大房媳婦，娶了幾年了，還不生育一男半女；新少奶過門不久，便有了身。菩薩保祐她生了男孩子，周家香火無憂了！」

她自此待十七嫂更好，更體貼得入微；「新少奶要保養自己，不要勞動。要吃什麼儘管說，叫大廚房去買。」

晚上廚子週三到上房問太太明天要添什麼菜時，她在想好了老爺少爺要吃的菜後，總要叫李媽去問問新少奶要吃什麼不。新少奶總回說不要，然而四嬸卻自作主張的吩咐道：「週三，明天為新少奶買一隻嫩雞，清燉。燉好了叫李媽送到她房裡。好菜放在飯桌上，你一箸，他一箸，一會兒便完了，要吃的人反倒沒份！」

她每天到新少奶房裡去的時間更多了，坐在窗前的椅上，絮絮叨叨的談著家常細故，訴說八嫂的不敬婆婆，好吃懶做。又問問她家中的小事。看她桌上放著正在繡花的鞋面，便道：「樣子真好！誰畫的花？新少奶真有本事。」臨出房門，便再三的吩咐道：「不要多做事，不要多坐，有事叫李媽、張媽做好了，不要自己勞動。」

十七嫂是過著她的黃金時代。八嫂面子上和她敷敷衍衍，背地是竊竊絮絮的妒罵著：「也不知是男是女？還只三四個月，便這末嬌貴？吃這個，吃那個，好快活！婆婆也不像婆婆的樣子，只是整天的在媳婦房裡跑！也不知是男是女？便這麼愛惜她！」

十二月，雪花飄飄揚揚的落了滿屋瓦，滿天井。四叔正忙著做他的五十雙壽。這是他生平最熱鬧的一次壽辰。前半個月，合家便已忙碌起來。前三天，家前已經搭起紅色的牌坊，大天井上面是搭蓋了明瓦的天篷。請了衙門裡的兩位要好的師爺，經理帳房裡的事。送禮的人，紛至沓來。十幾個戴著紅纓帽，穿著齊整的新衣的底下人，出出進進，如蛺蝶之在花叢中穿飛著。幾個親戚們也早幾天便來做客了，幾個孩子，全身嶄新的紅衣、綠衣，在大廳裡，天井裡，跑著笑著，或簇集在一塊看著挑送進來的禮擔。火腿是平放在擔中，雞屈伏在鞭炮紅燭之間，鴨子伸出頭來，呷呷的四顧著；間或有白色的鵝，頭頂著紅冠，而長項上還圍了一圈紅紙；間或有立在地上比桌子還高的大面盆、大饅頭盆，盆上是裝飾著八仙過海、麻姑獻壽等等故事中的米麵做的人物。暖壽那一夜，已有十幾桌酒席。大廳上，花廳裡，書房裡，坐滿了男客；而新少奶的房裡，四嬸的房裡，八嫂的房裡，也都擁擠著太太們，小姐們。紅燭十幾對的高燒著。大廳裡，花廳裡，書房裡，紅紅的掛滿了壽幛、壽聯、壽屏。本府張大人也送了一軸紅緞幛子來，而北京做著侍郎的二伯，也有一對壽聯寄來。上席時，鞭炮燃放了不止數萬，震得客人耳朵幾聾，連說話也聽不見。門外是雪花飄飄揚揚的落下，而這裡是喜氣融融的，暖暖和和，一點也不覺得是冬天，一點也不覺在下雪。第二天是正壽，客人更多了，更熱鬧了，連府尊也很早的便來拜壽，晚上是三十桌以上的酒席，連大天井裡也都擺滿了桌子。包辦酒宴的是本城最大的一個酒館，他們已有三四天不做別的生意，而專力來籌備這周公館的壽宴。殘羹剩酒，一砵一碗的送給打雜的吃，大爺們，老媽子們還不屑吃這些呢！

四叔滿臉的春風，四嬸滿臉的春風，十七哥滿臉的春風，十七嫂也終日的微笑著，忙著招呼客人，連八嫂也在長而愁悶的臉上顯著笑容。老家人周升更是神氣旺足的，大呼小叱，東奔西走，似乎主人的幸福便是他的幸福，主人的光榮，便是他的光榮。

直到了深夜，很晏很晏的深夜，客人方才散盡，而合家的人都輕鬆的舒暢了一口氣，如心上落下一塊石頭。這繁華無比的壽辰是過去了。

第三天，彩紮店裡來拆了天篷彩坊去，而天井角裡還紅紅的堆積了無數的鞭炮的殘骸和不少的瓜子殼、梨皮。

四嬸又在飯桌上說道：「新少奶的福氣真好，今年一進門，老爺便握了正印。便見這樣熱鬧的做壽。今年，福官（十七哥的小名）也要有好差事才好。明年，小娃娃是會笑會叫公公了，做壽一定更要熱鬧！」

果然，不到半個月，十七哥有差事了，是上海的一家公司找他去幫忙的。雖然不是什麼頂好的差事，而在初出學校門的人得有這樣的事做，已經很不壞了。忙了三四天的收拾行李，十七哥便動身赴上海了。

四嬸含笑的說道：「新少奶，我的話沒說錯麼？說福官有事，便真的有事了。新少奶，你的福氣真好！」

這時，十七嫂的臉上是紅潤的，肥滿的，待人是客客氣氣的，對下人也從不叱罵。她還是一個新娘子的樣子。四嬸常道：「她的臉是很有福相的。怪不得一娶進門，周家便一天天的興旺。」

然而黃金時代卻延長了不久，如一塊紅紅的剛從爐中取出的熱鐵浸在冷水中一樣。黃金時代的光與熱，一時都熄滅了，永不再來了。

四叔做五十大壽後，不到二月，忽然覺得胃痛病大發。把舊藥方撮來煎吃，也沒有效驗。請了邑中幾個有名的中醫來，你一帖，我一劑，也都無用。病是一天一天的沉重。他終日躺在床上呻吟著，有時痛得翻來滾去。合家都沉著臉，皺著眉頭。一位師爺薦舉了天主堂裡的外國人，說他會看病，很靈驗。四嬸本來不相信西醫西藥，然到了中醫治不好時，只好沒法的請他來試試。他來了，用聽筒聽了聽胸部，問了問病狀，搖搖頭，只開了一個藥方。說道：「這病難好！是胃裡生東西。姑且配了這藥試試看。」西藥吃下去了，病痛似乎還是有增無已，彷彿以杯水救車薪，一點效力也沒有。

病後的八九天，大家都明顯的知道四叔的病是無救的了。連中醫也搖搖頭，不大肯開方了。電報已拍去叫十七哥趕回來。

正當這時，不知是誰，把十七嫂幼時算命先生算她命硬要克什麼什麼的話傳到周家來。八嫂便首先咕嚕著說道：「命硬的人，走一處，克一處，公公要有什麼變故，一定是她克的！」四嬸也聽見這話了。她還希望不至於如此。然而到了病後十天的夜裡，四叔的症候卻大變了，只有吐出的氣，沒有吸進的氣，臉色也灰白的，兩眼大大的似釘著什麼看，嘴唇一張一張的，似竭力要說什麼，然而已一句話都不能說了。四嬸大哭著。周升和師爺們忙著預備後事。再過半點鐘四叔便死去了。合家號啕的大哭著，四嬸哭得尤凶，「老爺呀，老爺呀！」雙足頓跳著的哭叫。兩個老媽子在左右扶著她。小丫頭不住的絞熱手巾給她揩臉。沒有一個人敢去勸她。

在一「七」裡，十七哥方才趕回來。然而他說：「那邊的事太忙了，不能久留在家。外國人不好說話，留久了，一定要換人的！」所以到了三「七」一過，他便回到上海去。

家裡只是幾個女人。要帳的紛至沓來。四叔雖說是做了一任知縣，然而時間不長，且本來虧空著，娶十七嫂時又借了錢，做壽時又多用了錢，要填補，一時也填補不及。所以他死後，遺留的是不少的債。連做壽時的酒席帳，也只付了一半。四嬸一聽見要帳的來便哭，只推說少爺不在家，將來一定會還的。底下人是散去了一大半。

在「七」裡，每天要在靈座前供祭三次的飯，每一次供飯，四嬸便哀哀的哭，合家便也跟了她哭。而她在絕望的、痛心的悲哭間，「疑慮」如一條蛇似的，便游來鑽進她的心裡。她愈思念著四叔，而這蛇愈生長得大。於是她不知不覺的也跟隨了八嫂的意見，以為四叔一定是十七嫂剋死的。她過門不一年，公公便死了，不是她剋死的還有誰！「命硬的人，走一處克一處！」這話幾乎成了定論。而家中又紛紛藉藉的說，新娘子顎骨太大，眼邊又有一顆黑痣，都是克人的相。且公公肖羊，她肖虎。羊遇了虎，還不會被剋死麼？於是四嬸便把思念四叔的心，一變而為恨怨十七嫂的心，彷彿四叔便是十七嫂親自執刀殺死一樣。於是終日指桑罵槐的發閒氣，不再進十七嫂房間裡閒坐閒談。見面時，冷板板的，不再「新少奶，新少奶」的叫著，不再問她要吃什麼不，也不再揀好菜往她的飯碗裡送。她肚子很大，時時要躺在床上，四嬸便在房外罵道：「整天的躲在房裡，好不舒服！吃了飯一點事也不做，好舒服的少奶奶！」有時她要買些雞子或蹄子燉著吃，便拿了私房的錢去買。四嬸知道了，便叨叨羅羅的罵道：「家用一天天的少了，將來的日子不知怎樣過？她倒闊綽，有錢買雞買鴨吃，在房裡自自在在的受用！」

十七嫂一句句話都聽得清楚。她第一次感到了她的無告的苦惱。她整天的躲在床上，放下了帳門，幽鬱的低哭著，滿腔的說不出的冤屈。而婆婆又明譏暗罵了：「哭什麼！公公都被你哭死了，還要哭！」

新房裡桌子、椅子、櫥子、箱子以及金漆的衣盆、腳盆，都還新嶄嶄的：而桌上卻不見了高大的錫燭臺與寫著金字的紅紅的大燭，床上卻不見了綠羅帳子，而用白洋布帳子來代替，繡了許多許多花的紅緞帳眉以及花籃式的飾物，也都收拾起來。走進房來，空洞洞的，冷清清的，不復如前之充滿著喜氣。而她終日坐在、躺在這間房裡，如坐臥在愁城中。

在這愁城中，她生了一個孩子，一個男孩子！當她肚痛得厲害，穩婆已經叫來時，四嬸忙忙碌碌的在臨水陳夫人香座前，在觀音菩薩香座前，在祖宗的神廚前，都點了香燭，虔誠的禱告著，許願著，但願祖先、菩薩保祐，生一個男孩，母子平安。她心裡擔著千斤重的焦急，比產婦她自己還苦悶。直等到呱的一聲，孩子墮地，而且是一個男孩子，她方才把這千斤擔子從心上放下，而久不見笑容的臉上，也微微的耀著微笑。穩婆收生完畢後，抱著新生的孩子笑祝道：「官官，快長快大，多福多壽！」而四嬸喜歡得幾乎下淚，不再吝惜賞錢。十七嫂聽見是男孩，在慘白如死人的臉上，也微微的現著喜色。自此，四嬸似乎又看待得她好些；一天照舊進房來好幾次，也許比前來得更勤，且照舊的天天的問：「少奶要吃什麼不呢？要多吃些東西，奶才會多，會好！」「明天吃什麼呢？蹄子呢？雞呢？清燉呢？紅燒呢？」然而這關切，這殷勤，都是為了寶寶，而不是為了十七嫂。譬如，她一進房門，必定先要叫道：「寶寶，乖乖！讓你婆婆抱抱疼疼！」而她的買雞買蹄子，也只為了要奶多，奶好！

寶寶只要呱呱的一哭，她便飛跑進十七嫂的房門，說道：「寶寶為什麼哭呢？寶寶別哭，你婆婆在這裡，抱你，疼你，寶寶別哭！」而寶寶的哭，卻似乎是先天帶來的習慣，不僅白天哭，而且晚上也哭。靜沈沈的深夜，她在上房聽見孩子哭個不止，便披了衣，走到十七嫂房門口，說道：「少奶，少奶，寶寶在哭呢！」

「曉得了，婆婆，寶寶在吃奶呢。」

直等到房裡十七嫂一邊拍著孩子，一邊念著：「寶寶，乖乖，別哭，別哭，貓來了，耗子來了，睡吧，睡吧。」念了千遍百遍，使孩子漸漸的無聲的睡去時，她方才復回到上房寬衣睡下。

「少奶，少奶，寶寶為什麼又哭個不停呢？」她在睡夢中又聽見孩子哭，又披衣坐起了。

十七嫂一邊撫拍得孩子更急，一邊高聲答道：「沒有什麼，寶寶正在吃奶呢，一會兒便好的。」

每夜是這樣的過去。四嬸是一天天的更關心寶寶的事，十七嫂是一天天的更憔悴了。當午夜，孩子哭個不了，十七嫂左拍，右撫，這樣騙，那樣哄，把奶頭塞在他嘴裡，把銅鈴給他玩，而他還是哭個不了時，她便在心底嘆了一口氣，低低的說道：「冤家，要磨折死了我！」而同時又怕婆婆聽見，起來探問，只好更耐心耐意的撫著，拍著，騙著，哄著。

母親是臉色焦黃，孩子也是焦黃而瘦小。已是百日以上的孩子了，還只是哭，從不見他笑過，從不見他高興的對著燈光望著，呀呀的喜叫著，如別的孩子一樣。

有一夜，寶寶直哭了一個整夜。十七嫂一夜未睡，四嬸也一夜未睡。他手腳亂動著，啼哭不止，摸摸頭上，是滾燙的發燒。四嬸道：「寶寶怕有病呢，明早叫小兒科來看看。」

小兒科第二天來了，開了一個方子，說道：「病不要緊的，只不要見風，吃了藥，明天就會好些。」

藥香達於全屋。煎好了，把黑黑的水汁，倒在一個茶碗裡，等到溫和了，用了一把小茶匙，捏了孩子的鼻子，強灌進口。孩子哭著，掙扎著，四嬸又把他的手足把握住。黑汁流得孩子滿鼻孔，滿嘴邊。等到一碗藥吃完，孩子已是奄奄一息，疲倦無比，只是啼哭著。

來不及再去請小兒科來，而孩子的症候大變了。哭聲漸漸的低了，微細了，聲帶是啞了，小手小足無力的顫動著，一雙小眼，光光的望著人，漸漸的翻成了白色，遂在他婆婆的臂上絕了呼吸。

十七嫂躲在床上，帳門放下，在嗚嗚的哭著，四嬸也哭得很傷心。小衣服一件件穿得很整齊後，這個小小的屍體，便被裝入一個小小的紅色棺中。這小棺由一個襤褸的人，挾在臂下拿去，不知拋在什麼地方。整整的兩天，十七嫂不肯下床吃飯，只在那裡憂鬱的哭著。她空虛著，十分的空虛著，彷彿失去了自己心腔中的肝腸，彷彿失去了一切的前途，一切的希望。她看見房裡遺留著的小鞋、小衣服，便又重新哭了起來，看見一頂新帽，做好了他還未戴過一次的，便又觸動她的傷心。從前，他的哭聲，使她十分的厭惡，如今這哭聲彷彿還在耳中響著，而他的黃瘦的小臉已不再見了。她如今渴要聽聽他的哭聲，渴要抱著他如從前一樣的撫著，拍著，哄著，騙著，說道：「寶寶，乖乖，別哭，別哭！貓來了，耗子來了，睡吧，睡吧。」而她的懷抱中卻已空虛了，空虛了，小小的身體不再給她抱，給她撫拍了。有一夜，她半夜醒來，彷彿寶寶還在懷抱中，便叫道：「寶寶，乖乖，吃奶奶吧，別哭，別哭！」她照常的在半醒半睡的狀態中撫拍著，而仔細的一看，手中抱的卻是一隻枕頭而非她的寶寶！她又低聲的哭了半夜。這樣的奪去她的心，奪去她的希望，奪去她的靈魂，還不如奪去她自己的身體好些！她覺得她自己的性命是很輕渺，不值得什麼。

四嬸也在上房裡哭著，而宏大的哭聲中還夾著不絕的罵聲：「寶寶呀，你的命好苦呀！活活的給你命硬的媽媽所剋死！寶寶呀，寶寶呀！」

而十七嫂的命硬，自克了公公，又克子後，已成了一個鐵案。人人這樣的說，人人冷面冷眼的望著她，彷彿她便是一個劊子手，一個謀殺者，既殺了父親，又殺了公公，又殺了自己的孩子，連鄰居，連老媽子們也都這樣的斷定。她的臉色更焦沒了，眼邊的黑痣愈加黑得動人注意，而活溜溜的雙眼，一變而乾澀失神，終日茫然的望著牆角，望著天井，如有所思。連小丫頭也敢頂衝她，和她鬥嘴。

她房裡是不再有四嬸的足跡。她不出來吃飯，也沒有人去請她，也沒有想到她，大家都只管自己的吃。還虧得李媽時常的記起，說道：「十七少奶呢？怎麼又不出來吃飯了？」四嬸咕嚕的說道：「這樣命硬的人，還裝什麼腔！不吃便不吃罷了，誰理會到她！不食一頓又不會餓死！」嚇得李媽不敢再多說。

她閒著無事，天天闖鄰居，而說的便是十七嫂的罪惡：「我們家裡不知幾世的倒楣，娶了這樣命硬的一個媳婦！克了公公，又克了兒子！」

她還把當初做媒的媒婆，罵了一個半死。又深怪自己的疏忽魯莽，沒有好好的打聽清楚，就聘定了她！

十七哥是久不回家，信也十分的稀少。但偶然也寄了一點錢，給母親做家用，而對於十七嫂卻是一文也沒有，且信裡一句話也不提起她，彷彿家裡沒有這樣的一個媳婦在著。

這一天，三伯的五哥由上海回來，特地跑來問候四嬸。四嬸向他問長問短，都是關於十七哥的事：近來身體怎樣？還有些小咳嗽麼？住的房子怎樣？吃得好不好？誰燒的飯菜？有在外面胡逛沒有？她很喜歡，還特地叫八嫂去下了一碗肉絲麵給五哥吃，十分的殷勤的看待他。

五哥吃著麵，無意的說道：「十七弟近來不大鬧逛了，因為有了家眷，管得很嚴，……」

四嬸嚇得跳了起來，緊緊的問道：「有家眷了？幾時娶得小？」

五哥曉得自己說錯了話。臨行時，十七哥曾再三的叮囑他不要把這事告訴給家裡。然而這時他要改口已經來不及了。只好直說道：「是的，有家眷了，不是娶小，說明是兩頭大。他們倆很好的過活著。」

四嬸說不出的難過，連忙跑進久不踏進門的十七嫂房裡，說道：「少奶，少奶，福官在上海又娶了親了！」只說了這一句話，便坐在窗前大桌邊，哭了起來。十七嫂怔了半天，然後伏在床上哀哀的哭著。她空虛乾澀的心又引起了酸辛苦水。

四嬸道：「少奶，你的命真苦呀！」剛說了這一句，又哭了。

十七嫂又有兩整天的躲在床上，帳門放下，憂鬱的低哭著，飯也不肯下來吃。

她自公公死後，不曾開口笑過，自寶寶死後，終日的愁眉苦臉，連說話也不大高興。從這時起，她卻覺得自己的地位是更低下了，覺得自己真是一個不足齒數的被遺棄了的苦命人，性命於她是很輕渺的，不值得什麼。於是她便連人也不大見，終日的躲在房裡，躲在床上，帳門放下。房間裡是空虛虛的，冷漠漠的，似乎是一片無比黑暗的曠野。桌子、椅子、櫃子，床下的衣盆、腳盆都還漆光亮亮的，一點也不曾陳舊，而他們的主人十七嫂卻完全變了一個人。短短的三年，她已經歷了一生，甜酸苦辣，無所不備的一生！

她是這樣的憔悴失容，當她乘了她三弟結婚的機會回娘家時，她母親見了她，竟抱了她大哭起來！

牆角的蛛網還掛著。桃樹上正滿綴著紅花。階下的一列美人蕉也盛放著，紅色、黃色而帶著黑斑的大朵的花，正伸張了大口，向著燦爛的春光笑著。天井裡石子縫中的蒼苔，還依舊的蒼綠。花臺裡的芍藥也正怒發著紫芽。短短的三年中，家裡的一切，都還依舊，天井裡的一切，都還依舊，只有她卻變了，變了！

她板澀失神的眼，茫然的注視著黑醜的蜘蛛，在忙碌的一往一來的修補著破網。由街頭巷尾隨風飄來一聲半聲的簡單而熟悉的錚錚噹噹的三弦聲，便在她麻木笨重的心上，也不由得不深深的中了一箭。

三年

五叔春荊

五叔春荊

祖母生了好幾個男孩子，父親最大，五叔春荊最小。四叔是生了不到幾個月便死的，我對他自然一點印象也沒有，家裡人也從不曾提起過他。二叔景止，三叔凌谷，在我幼年時代和少年時代都曾給我以不少的好印象。三叔凌谷很早的便到北京讀書去了。我還記得很清楚，當我九、十歲時，一個夏天，天井裡的一棵大榆樹正把綠蔭罩滿了半片磚鋪的空地，連客廳也碧陰陰有些涼意，而蟬聲在濃密的樹葉間，嘰──嘰──嘰──不住的鳴著，似乎催人午睡。在這時，三叔凌谷由京中放暑假回家了。他帶了什麼別的東西同回，我已不記得，我所記得的，是，他經過上海時，曾特地為我買了好幾本洋裝厚紙的練習簿，一打鉛筆，許多本紅皮面綠皮面的教科書。大約，他記得家中的我，是應該讀這些書的時候了。這些書裡都有許多美麗的圖，僅那紅的綠的皮面已足夠引動我的喜悅了。你們猜猜，我從正式的從師開蒙起，讀的都是乾乾燥燥的莫測高深的《三字經》、《千字文》、《大學》、《中庸》、《論語》，那印刷是又粗又劣，那紙張是粗黃難看，如今卻見那些光光的白紙上，印上了整潔的字跡，而且每一頁或每二頁便有一幅未之前見的圖畫，畫著堯、舜、武王、周公、劉邦、項羽的是歷史教科書；畫著人身的形狀，骨胳的構造，肺臟、心臟的位置的是生理衛生教科書；畫著上海、北京的風景，山海關、萬里長城的畫片，中國二十二省的如秋海棠葉子似的全圖的是地理教科書；畫著馬呀、羊呀、牛呀、芙蓉花呀、青蛙呀的是動植物教科書。呵，這許多有趣的書，這許多有趣的圖，真使我應接不暇！我也曾聽見堯、舜、周公的名字，卻不曉得他們是哪樣的一個神氣；我也知道上海、萬里長城，而上海與萬里長城的真實印象，見了這些畫後方才有些清楚。祖父回來了，我連忙拿書到他跟前，指點給他看，這是堯，這是周公。呵，在這個夏天裡，我不知怎樣的竟成了一個勤讀的孩子，天天捧了這些書請教三叔，請教祖父，似欲窺那這些書中的祕密，這些圖中的意義，我的有限的已認識的字，真不夠應用，然而在這個夏天裡我的字彙卻增加得很快。第一次使我與廣大外面世界接觸的，第一次使我有了科學的常識，知道了大自然的一斑一點的內容的，便是三叔給我的這些紅皮面綠皮面的教科書。三叔使我燃起無限量的好奇心了！這事我很清楚的記得，我永不能忘記。他還和祖父商量著，要在暑假後，送我進學堂。而他給我的一打鉛筆，幾本簿子，在我也是未之前見的。我所見的是烏黑的墨，是柔軟的烏黑的毛筆，是墨磨得淡了些，寫下去便要暈開去的毛邊紙、連史紙。如今這些筆，這些紙，卻不用磨墨便可以寫字了，不必再把手上嘴邊，弄得烏黑的，要被母親拉過去一邊說著，一邊強用毛巾把墨漬擦去。而且我還偷偷的在簿子裡撕下一二張那又白又光的厚紙下來，強著秋香替我折了一兩隻紙船，浮在水缸面上，居然可以浮著不沈下去，不比那些毛邊紙做的紙船，一放上水面，便溼透的，便散開了。呵，這個夏天，真是一個奇異的夏天，我居然不再出去和街上的孩子們「擂錢」了，居然不再和姊妹以及秋香們賭彈「柿瓤子」了。我亂翻著這些教科書，我用鉛筆亂畫著，我彷彿已把全個世界的學問都握在手裡了。三叔後來還幫助我不少，一直幫助我到大學畢業，能夠自立為止，然而使我最不能忘記的，卻是這一個夏天的這些神奇的贈品。

二叔景止也不常在家。他常常在外面跑。他的希望很大，他想成一個實業家。他曾買了許多的原料，在自己家裡用了好幾個大鍋，製造肥皂，居然一塊一塊造成了，卻一塊也賣不出去，沒有一個人相信他所造的肥皂，他們相信的是「日光皂」，來路貨，經用而且能洗得東西乾淨。於是二叔景止便把這些微黃的方塊的都分送了親戚朋友，而白虧折一大筆本錢。他又想製造新式皮箱，雇了好幾個工匠，買了許多張牛皮，許多的木板，終日的在鋸著，敲著，釘著，皮箱居然造成了幾隻，卻又是沒有一個人來領教，他們要的是舊式的笨重的板箱或皮箱，不要這些新式的。他只好送了幾隻給兄弟們，自己留下兩隻帶了出門，而停止了這個實業的企圖。他還曾自己造了一隻新的舢板船，油漆得很講究，還燃點了明亮亮的兩盞上海帶來的保險掛燈。這使全城的人都紛紛的議論著，且紛紛的來探望著。他曾領我去坐過幾次這個船。我至今，彷彿還覺得生平沒有坐過那末舒服而且漂亮的船。這船在狹小的河道裡，浮著，駛著，簡直如一隻皇后坐的畫舫。然而不久，他又覺得厭倦了，便把船上的保險掛燈、方桌子、布幔，都搬取到家裡來，而聽任這個空空的船殼，繫在岸邊柳樹幹上。而他自己又出外漂流去了。他出外了好幾年，一封信也沒有，一個錢也不寄回來，突然的又回來了。又在計劃著一個不能成功的企圖。在我幼年，在我少年，二叔在我印象中真是又神奇、又偉大的一個人物，一個無所不能的人物。他不大理會我，但我常常在他身邊詫異的望著他在工作。我有時也曾拾取了他所棄去的餘材，來仿著他做這些神奇的東西。當然不過兒戲而已，卻也往往使我離開童年的惡戲而專心做這些可笑的工作，譬如我也在做很小的小木箱、皮箱之類。

然而最使我紀念著的，還是五叔春荊。

三叔常在學校裡，兩年三年才回家一次，二叔則常飄流在外，算不定他什麼時候回來，於是家裡便只有五叔春荊在著。父親也是常在外面就事，不大來家的。

說來可怪，我對於五叔的印象，實在有些想不起來了，然而他卻是我一個最在心中紀念著的人物。這個紀念，祖母至今還常時嘆息的把我挑動。當五叔夭死時，我還不到七歲，自然到了現在，已記不得他是如何的一個樣子了，然而祖母卻時時的對我提起他。她每每微嘆的說道：

「你五叔是如何的疼愛你，今天是他的生忌，你應該多對他叩幾個頭。」這時祖先的神廚前的桌上，是點了一雙紅燭，香爐裡插了三支香，放了幾雙筷子，幾個酒杯，還有五大盤熱菜。於是她又說起五叔的故事來。她說，五叔是幾個叔父中最孝順，最聽話的；三叔常常挨打，二叔更不用說，只有他，從小起，便不曾給她打過罵過。他是溫溫和和的，對什麼人都和氣，讀書又用功。常常的幾個哥哥都出去玩去了，而他還獨坐在書房裡看書，一定要等到天黑了，她在窗外叫道：「不要讀了罷，天黑了，眼睛要壞了呢！」他方才肯放下書本，走出微明的天井裡散散步。二叔有時還打丫頭；三叔也偶有生氣的時候，只有五叔是從沒有對丫頭，對老媽子，對當差的，說過一句粗重的話的，他對他們，也都是一副笑笑的臉兒。「當他死時，」祖母道：「家裡哪一個人不傷心，連小丫頭也落淚了，連你的奶娘也心裡難過了好幾天。」這時，她又回憶起這傷心的情景來了，她默默的不言了一會，沈著臉，似乎心裡很淒楚。她道：「想不到你五叔這樣好的一個人，會死的那末早！」

當我從學堂裡放夜學回家，第二天的功課已預備完了時，每到祖母的煙鋪上坐著，看著她慢慢的燒著煙泡，看著她嗤、嗤、嗤的吸著煙。她是最喜歡我在這時陪伴著她的。在這時，在煙興半酣時，她有了一點感觸，又每對我說起五叔的事來。有一天，我在學堂裡考了一次甲等前五名，把校長的獎品，一本有圖的故事集，帶了回家。這一夜，坐在煙鋪上時，便把它翻來閒看。祖母道：「要是你五叔還在，見了你得了這本書，他將怎樣的喜歡呢？唉，你不曉得你五叔當初怎樣的疼愛你！你現在大約已經都不記得了罷？你五叔常常把你抱著，在天井裡打圈子，他抱得又穩又有姿勢。有一次，你二叔曾喜喜歡歡的從奶娘懷抱裡，把你接了過來抱著。他一個不小心，竟把你摔墮地板上了，這使全家都十分的驚惶。你二叔從此不抱你。而你五叔就從沒有這樣的不小心，他沒有摔過你一次。你那時也很喜歡他呢。見了你五叔走來，便從奶娘的身上，伸出一雙小小的又肥又白的手來——那時，你還是很肥胖呢，沒有現在的瘦——叫道：『五叔，抱，抱！』你五叔便接了你過來抱著。你在他懷抱裡從不曾哭過。我們都說他比奶娘還會哄騙孩子呢。當你哭著不肯止息時，他來了，把你抱接過去了，而你便見笑靨。全家都說，你和你五叔緣分特別的好。像你二叔，他未抱你上手，你便先哭起來了。唉，可惜你五叔死得太早！」

她又說起，五叔的身上常被我撒了尿。他正抱了我在廳上散步，忽然身上覺得有一陣熱氣，那便是我撒尿在他身上了。那時，我還不到一歲，自然不會說要撒尿。他一點也不憎厭的，先把我交還了奶娘，然後到自己房裡，另換一身的衣服。奶娘道：「五叔叔，不要再抱他了，撒了一身的尿。」然而他還是抱，還是又穩重、又有姿勢的抱著。我現在已想像不出那時在他懷抱中是如何的舒服安適，然而我每見了一個孩子睡在他的搖籃車裡，給他母親或奶媽推著向公園綠蔭底下放著時，我每想，我少時在五叔懷抱中時一定比這個孩子還舒服安適。有一次，他抱了我坐在他膝上，翻一本有圖的書指點給我看。我的小手指正在亂點著，亂舞著，嘴裡正在呀呀的叫著時，忽然內急，撒了許多屎出來，而尿布又沒有包好，於是他的一件新的藍布長衫上又染滿了黃屎。奶娘連忙跑了過來，把我抱開，說道：「又撒了你五叔叔一身的屎！下次真不該再抱你玩了！」而他還是一點也不憎厭，還是常常的抱我。

祖母又說起，家裡的雜事，沒人管，要不虧五叔在家，她真是麻煩不了。一切記帳，吩咐底下人買什麼，什麼，都是五叔經管的；而他還要讀書，常常讀到天色黑了，快點燈了，還不肯停止。她又說起，我少時出天花，要不虧五叔的熱心，忙著請醫生，親自去取藥，到菩薩面前去燒香許願，真沒有那末快好。她說道：「你出天花時，你五叔真是著急，天天為你忙著，書也無心念了，請醫生，取藥，還要煎藥，他也親自動手。一直等到你的病好了，他方才放心。你現在都不記得了罷！」

真的，我如今是再也回想不起五叔的面貌和態度了，然而祖母的屢次的敘述，卻使我依稀認識了一位和藹無比、溫柔敦厚的叔父。不知怎樣，這位不大認識的叔父，卻時時繫住了我的心，成為我心中最憶念的人之一。

五叔寫得一手好楷書，我曾見過他鈔錄的幾大冊古文，還見到一冊他自己做的試帖詩，那些字體，個個都工整異常，真是一筆不苟，一畫不亂。我沒有看見過那末樣細心而有恆的人。祖母說，他的記帳也是這個樣子的，慢慢的一筆筆的用工楷寫下來。大約他生平沒有寫過一個潦草的字，也沒有做過一件潦草的事。

祖母曾把他所以病死的原因，很詳細的告訴過我們，而且不止告訴過一次。她淒楚的述說著，我們也黯然的靜聽著。夜間悄悄無聲，連一根針落地的響聲都可以聽得見，而如豆的煙燈，在床上放著微光，如豆的油燈，在桌上放著微光。房裡是朦朧的如被罩在一層陰影之下。這樣淒楚的故事，在這樣淒楚的境地裡述說著，由一位白髮蕭蕭的老人家，顫聲的述說著，啊，這還不夠淒涼麼？彷彿房間是陰慘慘的，彷彿這位溫柔敦厚的五叔是隨了祖母的述說而漸漸的重現於朦朧的燈光之下。

下面是祖母的話。

祖母每過了幾年，總要回到故鄉遊玩一次。那時，輪船還沒有呢。由浙江回到我們的故鄉福建，只有兩條路程。一條是水路，因「閩船」運貨回家之便而附搭歸去；一條是旱道，越仙霞嶺而南。祖母不願意走水路，總是沿了這條旱道走。她叫了幾乘轎子，自己坐了一乘，五叔坐了一乘——大概總是五叔跟護著她回去的時候為多——日子又可縮短，又比閩船舒服些。有一次，她又是這樣的回去了。仍舊是五叔跟隨著。她在家裡住了幾個月。

五叔春荊

恰好我們的祖姨——祖母的最小的妹妹——新死了丈夫，心裡鬱鬱不快。祖母怕她生出病來，便勸她一同出來，搬到我們家裡來同住。她夫家是一個近房的親戚都沒有，她自己又不曾生養過一個孩子，在家鄉是異常的孤寂。於是她躊躇了幾時，便也同意於祖母的提議，決定把所有的家產都搬出來。她把房子賣掉，重笨的器具賣掉，然而隨身帶著的還有好幾十只皮箱。這樣多的行李，當然不能由旱路走。便專雇了一隻閩船。她因為船上很清淨，且怕旱路辛苦，便決意坐了船。祖母則仍舊由旱路走。有五老爹伴侶著她同走。五叔則和幾個老家人護送了祖姨，由水路走。船上一個雜客也沒有，一點貨物也沒有。頭幾天很順風，走得又快，在船上的人都很高興。祖姨道：「這一趟出來，遇到這樣好風，運道不壞。也許要比走旱路的倒先到家呢。」海浪微微的撫拍著船身，海風微微的吹拂著，天上的雲片，如輕絮似的，微微的平貼於晴空。水手高興得唱起歌來。沿船都是小小的孤島，荒蕪而無居民。有時還可遇見幾隻打漁的船。這樣順利的走出了福建省境，直向北走，已經走到玉環廳的轄境了，不到幾天便可到目的地了。突然，有一天，風色大變，海水洶湧著，船身顛簸不定，側左側右。祖姨躺在床上起不來，五叔也很覺得頭暈。天空是陰冥冥的，似乎要由上面一直傾落下來，和洶湧的海水合而為一，而把這隻客船捲吞在當中了。水手個個都忙得忘記了吃飯。他們想找一個好海灣去躲避這場風浪。又怕遇到了礁石，又不敢離岸過遠。這樣的飄泊了一天兩天。天氣漸漸的好了，又看見一大片藍藍的天空，又看見輝煌的太陽光了。船上的人，如從死神嘴裡又逃了出來一樣。正在舒適的做飯吃，正在扯滿了篷預備迎風疾行時，忽然船底澎的一聲。船身大震了一下，桌上的碗和瓶子都跌在船板上碎了。人人臉如土色，知道是觸礁了。祖姨臉色更白得死人般的，只道：「怎麼辦呢？怎麼辦呢？」五叔也一籌莫展。船上老大進艙來說了，說這船已壞，不能再走了，好在離岸很近，大家坐舢板上岸，由旱路走罷。船擱淺在礁上，一時不會沉下去，行李皮箱，等上岸後再打發人再取罷。祖姨只得帶了些重要的細軟，和五叔老家人們都上了舢板。這岸邊沙灘上水很淺，舢板還不能靠岸。於是所有的人，都只好涉水而趨岸。五叔把長衫捲了起來，脫了鞋襪，在水中走著，還負著祖姨一同上岸。遇了這場大險，幸虧人一個都沒有傷。祖姨全副財產，都在船上，上了岸後，非常的不放心，她迫著五叔去找當地的土人代運行李下船。然而，這些行李已不必她費心顧慮到。沿岸的土人，一得到有船擱礁的消息，便個個人都乘了小舢板，到了大船邊。上了船，見了東西就搬，搬到小舢板不能載為止。有的簡直去了又來，來了又去，連運了三四次。大船上的水手們早已走了，誰管得到這些行李！等到五叔找到搬運的人，叫了幾隻舢板，一同到大船上時，已經來遲了一步，幾十隻皮箱，連十幾張椅子，幾張細巧的桌子、茶几，等等，還有許多廚房裡的用具，都已為他們收拾得一個乾淨了，剩下的是一隻空洞洞的大船。祖姨氣得幾乎暈了過去，她的性命雖然保全，她的全部財產卻是一絲一毫也不剩了。她的微蹙的眉頭，益發緊緊的鎖著。她從此永無開顏喜笑之時了。五叔先從旱路送了祖姨到家中，留下兩個老家人在催促當地官廳迫土人吐還祖姨的皮箱。經了五叔自己的屢次來催索，經了祖父的託人，當地官廳總算捉了幾個土人來追索，也居然追出了三四隻皮箱。然而還是全鄉的人民的公同罪案，誰能把一鄉的人民都捉了來呢？於是這個案子，一個月，一個月，一年，半年的拖延下去，而祖姨的財產益無追回的希望了。

為了這件事，祖母十分的難過，覺得很對祖姨不住。現在祖姨是更不能回家了。只好緊鎖著雙眉，在我們家裡做客。不到兩年，便鬱鬱的很可憐的死去了。而比她先死的還有五叔！

五叔身體本來很細弱，自涉水上岸之後，便覺得不大舒服，時時的夜間發熱，但他怕祖母坦心，一句話也不敢說。沒有人知道他有病。後來，又疊次的帶病出去，為祖姨的事而奔走各處。病一天天的深，以至於臥床不能起。祖母祖父忙著請醫生給他診看，然而這病已是一個不治的症候了。於是到了一個月後，他便離開這個世界了。他到臨死時，還是溫厚而穩靜的，神智也很清楚。除了對父母說，自己病不能好，辜負了養育的深恩而不能報，勸他們不要為他悲愁的話外，一句別的吩咐也沒有。他如最快活的人似的，平安而鎮定的死去。祖母至今每說起五叔死時的情形，還非常的難過。她生平經過的苦楚與悲戚也不在少數了：祖父的死，大姑母的死，二叔的死，父親的死，乃至剛生幾個月的四叔的死，都使她異常的傷心，然而最給她以難堪的悲楚的，還以五叔的死為第一！在她一生中沒有比五叔的死損失更大了！她整整的哭了好幾天。到了一年兩年後，想起來還是哭。到了如今，已經二十多年了，說起來還是黯然的悲傷。她見了五叔安靜的躺在床上，微微的斷了最後的一口呼吸時，她的心碎了，碎成片片了！她從此，開始有了幾根白髮，她從此才吸上了鴉片！

祖母常常如夢的說道：「要是五叔還在，如今一定已娶了親，且已生了孩子了！且孩子一定是已經很大了！」她每逢和幾個媳婦生氣時，便又如夢的嘆道：「要是五五還在，娶了劉小姐，怎麼會使我生氣呢！」她還常常的把她所看定的一房好媳婦，五叔的假定的媳婦劉小姐提起來，她道：「這樣又有本事，又好看，又溫和忠厚的，又孝順的媳婦，可惜我家沒福娶了她過來！不知她現在嫁給了誰家？一定已有了好幾個孩子了。」

她時時想替五叔過繼了一個孩子，然而父親只生了我一個男孩子，幾個叔叔都還未有孩子；她只好把我的大妹妹，當作一個假定的五叔的繼子，俾能在靈牌上寫著：「男〇〇恭立，」且在五叔生忌死忌時，有一個上香叩頭的人。每當大妹妹叩完了頭立起來後，祖母一定還要叫道：「一官，快過來也叩幾個頭，你五叔當初是多麼疼愛你呢！」

前幾年，我和三叔同歸到故鄉掃墓時，祖母還曾再三的囑咐我們，「要在五五墓前多燒化一點錫箔。看看他的墓頂墓石還完好否？要是壞了，一定要修理修理。」

我們立在蔭沈沈的松柏林下，看見面前是一堆突出地上的圓形墓，墓頂已經有裂痕了，裂痕中青青的一叢綠草怒發著如劍的細葉。墓石上的字，已為風雨所磨損，但還依稀的認得出是「亡兒春荊之墓」幾個大字。「墓客」指道：「這便是五少爺的墓。」我黯然的站在那裡。夕陽淡淡的照在松林的頂上，烏鴉呀呀的由這株樹飛到那枝樹上去。

山中是無比的寂靜。

病室

病室

外面是無邊的黑暗，天上半顆星兒都沒有，北風虎虎的吹著，伸出檐外的火爐的煙通，被吹得格格作響。屋內秋迂、仲宣、亦公和子通，圍爐而坐。爐火微紅，薄酒半酣，花生的硬殼抛了一地，而他們的談興正濃。

秋迂似有所感的輕嘆了一口氣，說：「人生是不可測的……今天晚上，是四個人圍爐而坐，是喝著薄酒，吃著花生米，是高高興興的酣談著。但誰曉得明天的事。也許我病了，也許你又遇到什麼了。像亦公後天就要往南邊去，今夜此樂，豈可再乎，人生是不可測的……誰看得見。……」

子通舉了盛酒的茶杯說：「今朝有酒今朝醉。盡說這些掃興的話做什麼！乾一杯，秋迂！」

亦公也說：「秋迂要罰乾一杯！此地只宜談風月，說什麼渺茫而遼遠的人生，人生！」他也舉起了他的茶杯。

秋迂神情不屬的，並不答理他們，似乎沈入深思。

爐邊的伴侶，一時都沈靜而敗興。

寡言的仲宣問道：「秋迂，你在想什麼？」

「我正想到一個人的事，覺得人生真是渺茫，真是不可測之極了！」

子通盛氣的說道：「人生有什麼不可測的。我們向前走，我們自己的前途，明顯的展開在那裡。種什麼子便開什麼花，一點也不會錯。有什麼不可測的，高的，遠的，深的，我們都不必問，我們只切切實實的生活著，努力著好了。如走山上嶺一樣，走了一段，似乎山頂就在面前，卻還要再走一段，再走一段，再走一段。這樣一段段向前走的精神，把人生弄得光明了，燦爛了。走路，只要走路，便是人生，便是幸福。空想者是最苦惱的人，憂天墮的杞人是絕頂的傻子，聰明人是不斷的向前走著。……」

秋迂擋住他再說下去，笑道：「你的話不差，但這樣冠冕堂皇的理論，須得到公共講臺上講去。我所感觸的卻是事實的詔示。譬如疾病……」

子通又搶著說了：「就譬如疾病吧，雖說『生老病死』是人生四大苦，但就有人在疾病中得幸福的。你如果有了愛人，而你病了。沈寂的病室裡，一縷金黃的日光射在地上，時鐘的嗒的嗒響著，這其間你的愛人帶了含苞的鮮花，以及醫生所允許而你愛吃的食物來了。她雙眉微蹙著，如薄霧裡的春山，更顯得美麗可愛；她坐在你的床沿，──如果你不病，她絕不會坐在你的床沿的──她低聲的安慰著你，說些無關緊要的話，報告些無關緊要的消息，讀些輕妙的詩篇。她竟會這樣坐在你的床沿大半天。──如果你不病，她絕不會留得這末久的。──她心裡是泛溢著愛的輕愁，你心裡是泛溢著愛的愉悅。愛神站在你枕頭上微笑著，她送來的花朵站在床邊小桌上的膽瓶裡也微笑著。她走了，你心裡還泛溢著愉悅，你臉上還泛溢著微笑。這不是『偶然小病亦神仙』麼？如果你沒有愛人，那末，年少美貌的看護婦……」

亦公笑道：「好了，子通他自己在畫招供呢，你們聽聽看。」

秋迂道：「別再打岔了，我的話還一句沒說呢，我說的也正是愛神，也正是疾病，卻不是一個微笑的故事，如子通所說的。這個故事裡的主角，可憐沒有子通那末好的幸福，他為了他的病，……唉！我不忍說他！」

亦公道：「你說吧，不準子通再來插嘴。他再來多話，等我來封閉他的小嘴！」

子通對他白白眼。

秋迂嘆道：「說起這個故事裡的主角呢，想你們幾位都也認識的。他便是蘋澗。」

子通道：「自從五年前分別後，我沒有再見過他。聽說他近來住在上海，生著肺病。現在怎樣了？」

亦公道：「我去年經過上海時，還曾見過他一面。他事情很忙，身子很瘦弱，還時時乾咳著。」

秋迂道：「現在他的病更深了。上個月我在上海時，曾到他家裡去過幾次。臨行時，還到他家裡去告別，他躺在床上，握著我的手說道：『秋迁，再見。你下次南來時，絕不會再見到我了。我自己想想，大約不會再見兩三度月圓了。』他隨又嘆道：『苦生不如善死！這無用的軀殼多見幾次日出月落又何必！見到北京諸友，煩告訴他們說，蘋潤是不能再見他們了！』他桌上還放著我們幾個人在香山瓔珞岩下拍的照片。他回頭見到這張照片，不禁淒楚的長吟道：『當時年少春衫薄……』我的眼眶裡幾乎盛滿了熱淚，我哪忍立刻離開了他。我真想不到我們豪氣蓋世的蘋潤，竟落得這樣悽慘的下場！」

秋迁的聲音有些顫抖了，眼眶邊有幾點淚珠，在燈光下熠耀著，爐中新添了煤，火光熊熊的。戶外北風似乎急了，鉛皮的煙通，不住的格格的響著。

「現在離了他又有一個多月了，哪曉得他還在人間吐吸著那一絲半縷的氣呢，還是已經安眠在綠草黃泥之下了。我那時真不忍離開他；多耽擱一刻就是一刻不會再有的時光。我們要說千萬句話，而都格在心頭，格在喉頭，一句也說不出。我們默默的相對。我不忍正視蘋潤的臉。你們想，他在北京時是多末瀟灑清秀的一個少年。臉色是薄薄的現著紅潤，濃黑的柔髮，一小半披拂在額前。暮春時節，他穿了湖色的綢衫，在北河沿高柳下散步，微風把他的衣衫拂拂的吹起，水影裡是一個豐度絕世的蘋潤。他的朗朗如銀鈴的聲音，哪一次不曾吸住了朋友們的聽聞，不曾難倒了反對方面的意見。他的理解力，辦事的才幹，又哪一件不超越過我們。子通，你的事，要不虧他替你設計，替你策劃，替你奔走，你哪裡會享到現在的豔福，子通，恕我不客氣的這樣說。——而今呢？相隔不到五六年，他完全換了一個人了；青春的氣概不再有了，美秀的容顏消失了，翩翩的風度滅絕了。如今與其說他是『人』，不如說他是一具活骸。走一兩步路都要人扶挾，雙腿比週歲的孩子還軟弱，說話是不上三五句便要狂咳。臉呢，我不忍形容，比乾枯的骷髏只多了一層皮，只多了一雙失神的大眼，兩排的牙齒是嶄嶄的露著。他那雙手，也瘦得如在X光底下照出的，握住它，如握住了幾根細木。唉，當年的蘋潤，如今的蘋潤，人生是可測的麼？我不忍正視他的臉，我避開他，在他屋裡四望著。屋裡是比前一次我來這裡時更混亂齷齪了。床前的痰盂，盛著他一絲絲的帶血的痰塊的，有好幾天不曾拿出去換水了。桌上的瓶花，乾枯如同床上的主人，已有幾瓣變了色的花瓣落在桌上，也沒有人來收拾了去，畫片上、桌上、窗戶玻璃上，滿是灰塵。地上廢紙、瓶塞亂抛著。床上的被窩，顯見有好幾天不曾整理過。幾張桌子上都散亂無序的放著藥水瓶、報紙、雜誌、詩集、小說，還有咬剩半塊的蘋果，吃剩了半支的香菸頭。靠近房門邊，又放著一張小的單人床，那是他夫人睡的，被縟也散亂的放著，沒有折疊起。

「『你的夫人呢？』我不覺順口問他。

「『還不是又出門去了！』他說著，深深的嘆了一口氣。『她哪一天曾在家裡留著過。總是早出晚歸，抛我一個人在床上。飯是老媽子燒好了端來放在桌上，也不管我吃不吃，也不問我要吃什麼，』說到這裡，一陣急咳把他的話打斷了。至少咳了兩三分鐘，臉上漲得通紅；慢慢的喝了我遞給他的一杯水，方才復原。『倒藥水也要自己做，要水要茶，喊了半天還沒有人來。房裡沈寂如墟墓。你看我還有一口氣，其實是已死的屍體，被放在這空闊的『棺室』裡。倚著枕，看見日光由東牆移到地板上，再移到西牆；看見窗外那株樹的陰影，長長的照在天井裡，漸漸的短了，又漸漸的長了。看見黑貓懶懶的睡在窗口負暄；走了，又來，黃昏時，又走了。那牆上的掛鐘，已經停了三天了，也沒有人去開……』又是一陣狂咳迫著他，停止了他的話。

「我後悔不該問了他那句話致引動他的憤慨。我只得又倒了半杯水給他喝，勸他道：『不要多說話了，多說話是於你有害的，息息吧。』

「他說：『不，謝謝你。我已看得很清楚我的運命了；死神的雙翼，已拍拍的在半空中飛著，他的陰影半已罩在我的臉上。不在這還能說話時對好友多說幾句，再也沒有時候可說了，而況你明天就要走了，現在是最後一次聽見我的話聲了。……』

「外面有人敲大門。接著便聽見女人的口音問道：『黃媽，有客人在房裡麼？』她隨即進了房門。這便是他的夫人紫涵。把她和蘋澗一比較，是可驚異的差歧：一個是充滿了生氣，雖然雙眉緊蹙著，臉上現出幾分憔悴的樣子，而掩不住她的活潑、靈動和血氣的完足；一個是，剛才已經說過了，與其說他是『人』，不如說他是一具『活屍』，只剩了奄奄一息。她坐在床沿，和我敷衍了幾句後，便低了頭，沉默著。

「房裡寂如墟墓，幕色隱約的籠罩上來，我便立起來說道：『太晚了，不坐了。蘋澗，好好的保重自己！再見，再見！』握了握他伸出的小手，輕輕的。他淒聲的說道：『再見，恕不能起來送你。』

「我心裡沈沈的，重重的，似沈入無底的深淵，又似被千萬石的鉛塊壓住，說不出的難過。這淒楚的情緒，直把我送到北京，還未完全消失。」

亦公道：「他們倆不是前年冬天在上海開始同居的麼？我還記得他們倆剛剛同居時是如何的快樂。每個星期日的午後，蘋澗總和她同遊環龍花園；如一對雙飛的蛺蝶似的，在園中並肩緊靠著走，並肩緊靠著坐在水邊，甜蜜蜜的低說著。春天似乎泛溢在他們倆的臉上，春光幾乎為他們倆占盡。垂柳倒映在池面，他們倆也倒映在池面。並坐著，低語著，手互握著。不知羨煞了幾何走過這一對鴛鴦面前的男女。不料結局卻是如此，真是想不到的。」

仲宣道：「愛情比蛺蝶還輕，飛到東，又飛到西，這是常事。」

秋迂嘆道：「也不能怪紫涵，我們要設身處地替她想。一個將死的病人，一間沈寂如墟墓的病家，能把一個活潑、靈動、血氣完足的青年女子終天關閉、拘留在那裡麼？我初到上海，第一次去看蘋澗時，他已經病得不輕了，但還沒有睡倒在床。他終日坐在廊前晒太陽，看看輕鬆的小說和詩歌。紫涵也終日陪伴著他坐著。時時忙著替他拿藥水，拿報紙，拿書，拿茶，拿痰盂。他的脾氣卻一天天的隨了身體而變壞。動不動便生氣，一點小事不對，便不留情的叱罵她。茶太冷了，書拿得不對了，牛奶沸得太慢了，件件事都罵她，彷彿一切事都是她有意和他為難。而罵了幾句後，便狂咳不已。

「『我病得這樣了，你還使我生氣。恨不得叫我早一天死，你才好早一天再嫁別人！』像這樣的話也常常罵著。有一天，紫涵偷空跑到我家裡，向內子告訴了大半天，幾乎是連哭帶說的，不知她心裡是如何冤苦、憂悶、悲傷。她道：『為了他，我什麼苦都肯吃。我見他一天天的消瘦下去，恨不得把我的肌肉割補給他。我一天到晚侍候著他，而他總沒有好臉對我，不是罵，便是叱，而且什麼重話都罵得出口。我從孩子時候起，活了二十多歲，哪曾受過這樣的罵，哪曾吃過這樣的苦！我為了他是病著，一句話也不敢回答。有苦只好向自己腹裡吞，有冤屈只好背地裡自己流淚悲傷。為了他的病，我幾曾安舒過一天，安睡過一夜。我向來不信佛，不信神；而今是許願、求籤，什麼事都來。我願冥冥中的大神，早一天賜給我死，而把我的餘年給了他。我的苦吃夠了。人生的辣味也嘗夠了，真不如死了好！而他這幾天來，更無時無刻不和我生氣。醫生戒他不要多說話，他卻終日罵人，罵了便要咳嗽，這病哪裡會好！還不如我避了他，使他少生些氣好。』她更曼長的嘆了口氣，如夢的說道：『過去的美境，過去的戀感，如今遼遠了，遼遠了。未結婚時，他是如何的殷勤，我要什麼，半句話還沒有說完，他連忙去代我拿來了；結婚後，他是如何的溫存，只有我嗔他埋怨他的份兒，他哪裡有對我回說半句重話。而今這幸福已飛去了，遼遠的遼遠的飛去了，不再飛來了。只當是做了一場美夢，可惜這美夢太短了，太短了！』她愈說愈難過。回憶勾起她萬縷的愁恨，不禁伏在桌上嗚咽的泣著。良久，良久，才抬起了頭，說道：『這樣的生，不如死好！』淚珠一串串的掛滿了她的臉，內子只有陪著她嘆息，一句勸慰的話都說不出。

「後來，聽見內子說，蘋澗是，一天一天的，生氣時候更多了。紫涵為了免他見面便動氣之故，只好白天避開了他。我第三次去看蘋澗時，紫涵果不在家裡。他獨自睡在床上。房間裡是如此的陰慘、沈寂，似乎只有盤伏在窗口負暄的黑貓是唯一的生物。這裡的時間，一刻一秒似乎有一年一月的長久。我不知沉浸在病海中的蘋澗將如何度過這些悠久沈悶的時間。他也叨叨囉囉的告訴我許多關於紫涵的話，而最使他切齒的便是她天天出外，太陽沒有晒進屋便走了，太陽已將落山還未歸來，拋他一個人在家，獨自在病海中掙扎著。他微吟道：『貧病故人疏！不，如今是，貧病妻孥疏了！』他臉上浮著苦笑。

「對牆掛著一幅放大的他們倆的照片，背景是絲絲的垂柳，一塘的春水，他靠在她肩上，微笑著。在他們倆的臉上都可看出甜蜜的愛情和青春的愉樂是泛溢著。

「這是一個永不再來的美夢。」

秋迂淒然的不再說下去。屋裡的四個人悵然的相對無語。

爐火微紅，北風狂吼，伸出檐外的煙通被吹得格格的響著。外面是無邊的黑暗。

一片片的白雪，正瑟瑟的飄下。屋瓦上，樹枝上已都罩了一層薄薄的白衣。

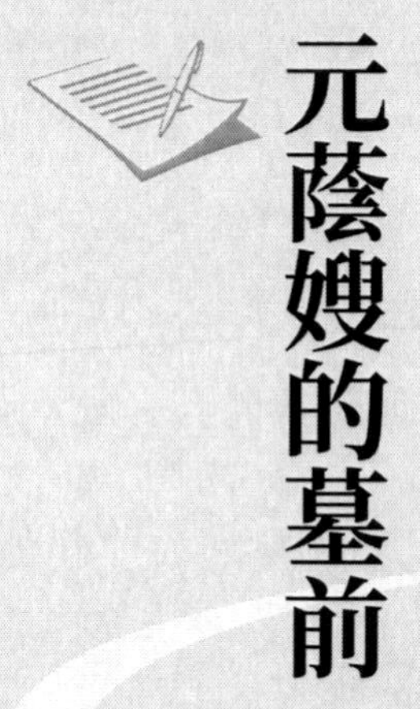

元蔭嫂的墓前

元蔭嫂的墓前

二嬸全家由北京搬到上海來不到兩年，三哥元蔭的妻便得病死了。我常到二嬸家裡去，元蔭又是我們兄弟輩中和我最說得來的一個。但三嫂，元蔭的妻，我在兩年來卻只見到三四面。她不大出來見人，終日的躲在房裡。她在我的印象裡，只是一個臉色慘白，寡言少笑的少婦，身材和臉型都很清秀玲瓏而已，元蔭是一個忠厚不過的人，慣於受人欺負的。沒有一個朋友或兄弟，曾當他是一個同等的人的。他們一見了他不是明譏，便是暗嘲，幾乎當他是一個玩物，一種供人取笑的東西一樣。他從不生氣，也不回報，只是默默無言的置之不理。我是不會如此的取笑人的，有時反替他出了幾次氣，所以他對我的感情特別的好。有什麼事總來和我商量。他也譯寫些小說童話之類，譯完了總要拿來，很謙虛的要我校改指正。我拿了他的譯稿在仔細的看，他立在我旁邊，似乎很徬徨不安的把眼光也隨了我的眼光而往下看。他的中文實在不能達意，把原文的意思也常常弄錯了。我不時把眼光釘注在幾行譯文上，他便知道這裡一定是說不大通了，便連忙低聲而忙亂的說道：「這個地方我也覺得不大對，請你改一改，改一改。」他的身材很矮，立在我身邊，真如一個孩子一樣，而他的語音也真如一個孩子，聲帶尖脆而發音迅快。他永遠是很忙亂的，眼又近視，走在車馬多的路上真是很不相宜。他和他的妻似乎感情很好，從不曾吵嘴拍桌子的鬧過。自他的妻死後，他終日的哭喪著臉，走路也特別的遲鈍了，翻譯也有好久不曾拿來給我看了。他雖不曾對別人提起他對於妻的憶念，我們卻都知道他心裡是如何的淒楚難堪。

他的妻死後，便葬在郊外的公共墓場裡。他每個禮拜天上午，必定很遠很遠的由家跑到墓場裡，去看望他的妻的墓。這幾乎成了他的刻板的功課，他的風雨不移的程序。有一個禮拜天午後，我到二嬸那裡坐坐。雨絲如水簾似的掛在窗外，階前幾株小美人蕉的花和葉，幾乎為重重的雨點所壓而墜下。元蓀全身是水的從大門外走進來。鞋子似已溼透了，乾的地板給他的足一踏上，便明顯的現出一個個的足印。

我道：「三哥那末下雨天氣到哪裡去？又不帶傘？」

他母親很不高興的說道：「你猜還會到哪裡去！還不是上墳去！去了一個上午了，到此刻才回來，飯也沒吃，下雨也不知道，沒看見過那末大的人了，還是如此的痴心！」

她轉頭望著他厲聲的說道：「家裡的飯早已吃過了，一家人怎能等你一個！你自己到廚房裡告訴李媽，弄一碗炒飯，再弄一碗紫菜湯去吃。別的菜都已經沒有了。」

他默默無言的向廚房走去。他母親又教訓小孩子似的說道：「還不去把鞋襪換了？溼漉漉的泥足，把地板都弄髒了。」

我很為這個「痴心」的三哥所感動。

有一個禮拜天，天氣很好，太陽光在地上、牆上、樹葉上跳躍著，小麻雀唧啾唧啾的

元蔭嫂的墓前

在天井裡找尋食物，牆角一叢玫瑰花，新綻開了好幾朵，花瓣如火似的怒紅，又似向了朝陽微張著笑口。五姊久已約我在這幾個禮拜天裡，陪伴她到三伯墓上探望探望。前兩個禮拜天是陰天，上個禮拜天又下雨，只有這個禮拜天卻是晴明的天氣。我便陪了五姊坐了馬車同去墓場。在墓場門外花舖裡買了一大束三伯生前所喜的蜜黃色的玫瑰花，插在墓前的石瓶裡。好幾個禮拜沒有來，泥地上蔥翠的小草，已長到足面以上了。五姊立在墓前，沉默的如有所思，我陪她站著，心裡也不禁有一種說不出的淒楚；四望都是白石的墓碑和美麗的小石像；在這樣的一小方的墓石下面，便埋葬著一個活潑潑的青年，或一個龍鍾的老叟，或一個秀麗的姑娘，或一個肥胖聰明的孩子。照在太陽光下而閃閃發光的白楊樹的綠葉，迎風顫動著。什麼聲音都沒有。偶然有一二個穿著黑衣的少婦或老婦走過我們前面，那足步踏在砂泥路上，廓廓的作響，益顯出這裡的淒靜。我偶然抬起頭來，看見矮小的元蔭又站在離此數十步外的他的妻的墓前了。不知他什麼時候竟無聲無響的走進來。他默默的站在那裡，不知在想什麼，似乎除了前面的墓石墓碑外，再也看不見四周的別的人物。黃澄澄的太陽光射在他臉上，顯出他的不能形容的隱藏的殷憂。

「元蔭又來了，」我輕輕的對五姊說。

她道：「還不是每個禮拜天必定要來的。我們走吧，不必去照呼他了，省得打擾了他的思念。」

我們悄悄的打他身邊經過，他竟沒有看見。我在小路角上回頭望了望他，他還是默默的站在那裡。眼光凝注在他的妻的墓石上，似乎這樣的專誠的等候，竟可以使他的妻復活起來和他敘話一樣。

我出墓場大門時，對五姊說道：「像這樣的一個痴心男子也真少見。至誠人一定是一個大傻子，這句話一點也不錯。」

五姊雙手握住了馬車的小鐵桿，踏上了車，我也跟著上車了，對車夫道：「回去。」馬蹄的的，在綠蔭的靜路上飛跑著。五姊嘆了一口氣的說道：「可惜他的妻不值得他如此的思念；也許她竟不接受他的如此的思念呢。」

我心裡很疑惑，但知道這裡一定有一段故事在著，便要求五姊把他們的始末敘說出來。五姊道：「論理，人已死了，我們不應該再去說她。但這事，親戚中大都是知道的——你，常在學校裡，親戚中的家事當然是不會曉得的——說說也不妨。這是人世間千萬個悲劇中的小小的一個，也許值得我們為之輕嘆一口氣的。我們也實在不能苛責她。」

馬蹄有規律的一起一落，車子離鬧市還很遠呢。五姊便滔滔不絕的說著。我們說的是鄉談，車夫不會懂得的。

元蔭嫂的墓前

下面都是五姊的話。

你見過元蔭的妻三嫂麼？你一定是在她到了上海後才見到的。她在上海時候，已經是一個憔悴不堪的少婦了。他們家住北京的時候，我也在北京，那時她剛做新嫁娘不久，她的豐韻與你所見到的她，真是全不相同呢。長圓的一張鴨蛋臉，眉目口鼻，都長得清秀玲瓏，說不出的可愛；雙頰上微微的從膚裡透泛出紅色來，襯著那嫩白的皮膚，真是「著粉則太白，施朱則太赤」；一雙水汪汪的黑眼，活現出一個聰明俐落的人來。一雙手潔白而美潤，如白玫瑰的花瓣。我頭一次見到她，便覺得親戚中再沒有一個比她美好的少婦了。但嫁了像元蔭那末的一個忠厚而委瑣的人物，我也不禁代她叫屈。她怎麼會嫁給元蔭，元蔭怎麼會娶到這末美好的一個妻，那是一個神祕，我們永遠不會猜透的，也許便是月下老人在那裡作怪吧。她還會看書，寫淺近的字條信札。她的字當然不大好，但方整而有秀氣。她曾對我說，她很想進學堂去念書，但她父母總不答應，說，女孩兒不必進什麼學堂，不必念什麼書，只要認識幾個字，會寫寫信，記記帳便夠了。她很後悔，當時不曾爭執著要進學堂。如果進了學堂，也許可以自立了。

她待人是如此的和氣，從不曾說過一句重言粗語。元蔭得了這樣的一個妻，當然是痴心痴意的愛重她了。我們也看不出她對元蔭有怎麼不滿意，但也並不十分親熱，只是冷冷的，淡淡的。她很喜歡叉麻雀牌，親戚間有什麼喜慶宴會，在許多桌的牌桌之間，她總占了一個座位。她很靜定的很有工夫的打著牌。在家裡她不大開口說笑，只有在這樣的熱鬧場面上，她才稱心稱意的有說有笑。她不大輸錢，有時，反贏錢，總是贏的多，輸的少。所以二嬸也不大干涉她的賭博。所以她竟能有牌必打，有招必到。她的「牌德」是很高尚的，大家都很愛和她一桌打牌。她不像別的賭手一樣，一輸了幾塊錢便要發火，埋怨東，埋怨西，一有了幾牌不和，便要申申的罵牌，窮形盡相的著急不堪。她只是和和平平的不動聲色的摸牌、打牌、和牌。

便在這樣的牌桌上，她第一次遇見了容芬。容芬，你一定認識他的，他是二嬸的侄兒，一個人品很漂亮，且很有本領的人，只是略略的覺得荒唐一點。他在家時常常好幾夜在外遊蕩著不回來。

（容芬，我和他是很熟悉的，想不到這故事竟與他有關。）

她那一天是到二嬸娘家裡去拜祝二嬸的大嫂的壽誕的。容芬離家很久，到他母親壽誕的前幾天才趕回來祝壽。白天和黃昏，他在外招待男客很忙碌，竟沒有進上房來。到了午夜的時候，男客逐漸的散去了，上房的女客們也散去了一大半，只有幾個愛打牌的女客，還在那裡興高采烈的打著牌。牌桌旁邊圍住了一大堆的旁觀者，這都是等車子的客人或家裡的人。容芬在這時由外面走了進來。他母親問他道：「外面的客人都散了麼？」他一面答道，「都散了，」一面擠進旁觀者的圈中，也在看著。他初見元蔭嫂，覺得是一個生客，但顯然是為她的清秀玲瓏的美貌所吸引住了。坐在她對面打著牌的是他的妻。他便走過去對他的妻道：「你打了一個整天了，也讓我打幾牌吧。」他的妻立起身來讓他，並對他說道：「這裡有一位客人，你不認識的。他是元蔭嫂，去年冬天才過門的。」他對她點點頭，她也略立起來一下，微羞的低了頭，然後再坐下去。他們這樣的打著牌，漸漸的熟悉了，漸漸的說話了。他似乎打得非常的高興。他提議要打到天亮，整夜不睡。她說，不能打了，晚上已經太遲了，一定要回去。坐在她上手的黃太太笑道：「還是新娘子的樣子，分離一夜也不肯！」她羞得不敢再多說話，臉上薄薄的加罩上一層紅暈，照在燈光下面，是說不出的秀媚。黃太太又道：「容哥是難得在家打牌的，憑著他打一夜也不要緊。」又對立在那裡旁觀的二嬸和元蔭道：「二嬸嬸先回去吧，蔭哥也不用等了。新娘子今天晚上不回去了。」元蔭訥訥的不能發一言，只有二嬸道：「不怕辛苦，打通夜也不要緊。」於是他們便這樣的一圈又一圈，一牌又一牌的打下去，直到了客人都散盡了，旁觀者都沒有了，連侍候的小丫頭和老媽子也各自去睡了，他們還在劈劈拍拍的打著牌，摔悉摔悉的洗著牌，直到了天色微亮，隱隱的有雄雞高啼的聲音時才散局。而老媽子已再起身燒茶打臉水侍候著他們了。

這是他們第一次的相見，誰也沒有起過什麼疑慮。他們究竟在這個第一次的長久的見面裡，有沒有種上很深的印象，除了他們自己我們也不能曉得。但自此以後，容芬幾乎天天的上二嬸家裡去，總坐了很久很久才走，還不時向二嬸吵著要湊「腳」打牌。當然，元蔭嫂在這樣的牌局裡是一個預定的必有的一「腳」了。他又不時的要求他的妻請了幾個人到自己家裡來「打小牌」，——當然元蔭嫂也必是被請者之一了——到了牌桌一鋪好，他便搶先的坐下來。名義上說是他的妻打牌，其實是他自己在打牌。他的妻往往因此不高興，但因為平常服從他慣了的，也不敢說什麼。他和元蔭嫂因此常常的見面，常常的說說笑笑，一點忌諱也沒有；元蔭嫂也不再像初次見面時那樣的帶著羞澀。她也還不時的明謔暗嘲著他，如一個很親近的密友。仍然是沒有一個人曾起過什麼疑慮。打牌，那是最正當的聚會，牌桌上的笑謔譏嘲，那也是最平常的事。但未免使容芬的妻微微的起詫異的，便是：容芬從見了元蔭嫂後，不再在外面留連一夜二夜的，而只要在家裡搶小牌打打，而且打牌的興致很高。這是從來未有的事。她不禁暗暗的高興著他性情的這樣的變遷。二嬸也未免微微的起詫異，這便是，元蔭嫂近來打牌的時候更多，而且總要深夜才回家，而且不打牌的日子，總要悶悶的坐在家裡，表現著從來沒有的閒愁深思。

元蔭嫂的墓前

容芬要走了，他不能在家久住，因為他局裡公事太忙，不能離職過久。他到二嬸家裡辭行時，二嬸又留著他在家裡打小牌，吃便飯。在牌桌上大家覺到元蔭嫂的懶懶的不高興的情緒。黃太太問道：「元蔭嫂今天身體不大好？」她點點頭道，「略有一點頭痛。」於是這牌局很早的便散了。第二天清早，元蔭嫂梳洗了便出門，說是去找一位女友林太太，直到了旁晚才回，似乎情緒很激動，眼眶有一點紅紅的。然而也沒有什麼人注意到。沒有一個人曾疑慮著會有什麼事件要發生。

她在家裡更是冷漠漠的，對於打牌也沒有那末高興了。元蔭總是死心塌地的奉承著她。她對他卻總是那副淡淡的冷冷的臉孔，也不厭惡，也不親切。

容芬離家了三四個月，彷彿是他自己運動著遷職至總局裡來。總局是在北京，於是他可以常常住在家裡。

自他到了北京後，牌局便又熱鬧起來。元蔭嫂似乎對於打牌的興致也恢復了。容芬彷彿完全變了一個人，晚上的朋友間的花酒局和牌局總是能推卻的便推卻掉，老早的便回家，或到二嬸家裡，和幾個太太們打打小牌，——元蔭嫂當然是在內——他母親和他的妻很高興他現在的能安分了，二嬸也以他的變情易性為幸事。

有一天，二嬸到東安市場去買東西，她彷彿看見元蔭嫂在遠遠的走著，有一個男人，像是容芬的樣子，和她並肩而走，說說笑笑，轉入攤角不見了。她才開始有些疑心。以後，她每站在牌桌邊，看見他們倆打牌時，神色總有些不對。時時互視而笑。因為有了疑心，於是一切都有可疑的痕跡了。她因此對於容芬的殷勤走動，也不大高興理會他，總是冷板板的一副臉。當他嬉皮笑臉，要求她湊成牌局，在她家裡打牌時，她總是百端阻擋。元蔭嫂要出去打牌，也沒有那末方便了。每次出外，她雖不說什麼，總有些不高興的樣子，且再三叮嚀她早回。這個神情，他們倆都是聰明人，當然看得出的。於是容芬在表面上是不大踏到她家裡去了，元蔭嫂除了有應酬外，也不大出外打牌了。然而他們卻彷彿因了這樣的隔離，反愈顯得接近。有一天，元蔭的弟弟從中央公園回來，他告訴他母親說，他看見在公園的柏樹下面，嫂嫂和容芬竟手牽手的站在那裡，低低的說著話。他覺得很詫異。二嬸再三的吩咐他不要多嘴對別人亂說。這一天下午，她便到娘家去，把這事私自告訴了她的嫂嫂，叫她約束容芬的行動。容芬的妻也知道了這事，竟悲切切哭了一夜。而她家裡的牌局也不再有了。不知他們倆用了什麼神祕的方法來互通消息；彷彿他們倆表面上雖見面極稀，而實際上仍是時時有的相會的。

有一天，二嬸出去應酬了，說是到晚上才回來，元蔭也有朋友約去吃晚飯了。只有元蔭嫂一個人在家。二嬸忽然覺得頭暈，不能久坐，便很早的等不及上席便回來了。她敲了大門進去，看見容芬正從門裡出來，見了她，臉上似有些不好意思。她把他叫住了，厲聲問他為什麼來這裡，他唯唯訥訥的連忙走開去了。元蔭嫂是臉紅紅的坐在自己房裡。她來不及脫去新衣服，便絮絮叨叨的明譏暗諷的對元蔭嫂教訓了一頓，並說，以後再也不許容芬踏進大門口了。元蔭嫂整整的哭了一夜，第二天，飯也沒有起床來吃。元蔭不知什麼緣故，竟嚇得呆了，再三再四的勸慰著她。她只是哭，並不理會他。他問他母親，少奶為什麼哭？二嬸冷笑道：「我也不知道為什麼，你去問你自己的媳婦好了！」這使元蔭更迷惑難解。他對這事是一點消息也不知道的。過了幾天，他彷彿也有些明白了，然而他是天生的懦弱的人，又是一味溺愛他的妻的，竟連一句譴責的話也說不出。見了她的終天悶悶不樂，反想了種種方法要使她高興。

容芬從此絕跡於二嬸之門，元蔭嫂從此不大打牌，且不大出外應酬了。就是出外應酬或打牌，二嬸也總跟了去。但她心緒似乎很不好，也實在不願意打牌或應酬，寧願躲在房裡，在床上悶悶的躺著，即在應酬場中也沒有從前那末伶俐可喜，和光照人。

親戚們始而疑，繼而一個個都知道這事了。漸漸的大家對於元蔭嫂似乎都有些看不起的樣子。她每次在應酬場中，似乎總有許多雙冰冷如鐵箭的譏彈的眼光，向她射來，同時，還彷彿聽到許多竊竊的私語，也似乎都是向她而發的。她幾乎成了一個女巫，成了一個不名譽的罪犯，到處都要引動人家的疑慮和譏評的了。她往往託辭頭痛，逃席而歸。彷彿她自己的小房間便是她最安全的寄生之所一樣。一出了這個房間，社會的壓迫和人世間的譏笑聲便要飛迫到她身上來了。因此，不必她婆婆的留心防守，她自己也不高興出大門了。

然而要把一對情人隔絕了，似乎比把海水隔開了一條路還難。鬼知道他們倆用什麼方法通信或見面！總之，他們似乎仍是不時的見面。她婆婆不時的明譏暗罵。監視她的行動，比獄卒監視他們的囚犯還嚴密。她受了這樣的待遇後，總要在房裡幽泣了一天兩天，絕食了一天兩天。這使元蔭非常的難過。他也幾乎要陪了她而絕食。二嬸因此益覺得生氣，每每厲聲罵元蔭沒有志氣。然而元蔭還是死心塌地的一味愛她，奉承她，侍候她。

有一天，她說是到姊姊家裡去。去了一天，直到了深夜才歸來。第二天，有一個親戚說，他看見元蔭嫂又和容芬在一處並肩走著了。她婆婆特地叫人到她姊姊家裡一問，果然她昨天並沒有到她家去。這使她婆婆益益的不能信任她，益益的監視得她嚴厲周密。

然而他們倆的關係似乎還是繼續下去。她的行動竟非常的詭祕，使二嬸防不勝防。二嬸終日指桑罵柳的諷諭著她，她除了在房裡幽泣之外，再不答說什麼，然而過了幾天，她又抽一個空出外了，似乎又是去和容芬相會。鬼知道他們用的是什麼方法來通消息，鬼知道他們是設了什麼計劃來求會面的。「情人乃是大勇的人，」這句話真是不錯。我想不到像元蔭嫂這樣的一個婉媚的少婦，在這個地方，乃竟能冒舉世之不韙，而百計設法，詭變層出，這真是誰也想不到的！

有一次我去看望她去，我是親戚中最少數的可憐她的境遇，而且能原諒她的衷情的一個。我在房裡坐了一會；她沒情沒緒的坐在那裡，臉色也慘白得多了，說話也不大如前的機警了。她桌上床頭上放了許多小書。她說，她常常的把它們翻看，但往往看不了幾頁，便看不下去，仍把它們拋開了。房裡是可以靜出鬼來。據她說，有好久了，一個朋友也沒有來過。她又低低的對我說道：「我想，我不會活得長久的，像這樣苦生，真不如死樂！」我勸慰了好久，但她搖搖頭，嘆道：「你們好福氣的人，永遠不會知道我的苦楚的！」我當時真是難過，幾乎要伏在桌上哭出聲來。我任怎樣也不忍譴責她！我心裡充滿了憐惜，悲憫。可憐這樣的一個美好的少婦竟要生生的斷送在這樣苦境之下了！我們兩個人默默的相對；我偶然抬頭，見窗外有兩株桃花正夭夭爛爛的盛開著。蜜蜂在花間營營的忙碌著。春意似乎欲泛溢出天井外邊來，然而她的房裡卻永遠不會受到這個感應，她房裡的空氣是嚴肅枯寂如死的。我在她房裡坐了許久才出來，二嬸還對我罵了她許多不堪的話，我實在不忍聽她的，幾乎要掩耳而逃。

後來，他們搬到上海來了。臨行的那一天，有人看見容芬在第二個月臺上徘徊著，也不敢過來送別。不知他們倆究竟曾見最後的一面沒有。

真的，是最後的一面！元蔭嫂搬到上海後，竟不到兩年便死去了。我想，這正如她自己所說的，她的死也許要比她的生快樂些。

聽人家傳說，自元蔭嫂離開了北京後，容芬又回復了他前幾年的原樣子，喝酒，打牌，到妓院去，時時四五天不回家，而且，據說，酒喝得比以前更凶更多。

馬蹄的的，有規則的一起一落，當五姊說完了以上的故事，我們的車子已經過了大馬路，過了蘇州河向北走了。

聽了這樣的一個小小的人間悲劇，竟使我不怡了好幾天。我每見著元蔭，我心裡便覺得有一縷莫名的淒楚兜上心來。我永遠記住這一個人間的小小的悲劇。

元蔭嫂的墓前

趙太太

趙太太

八叔的第二妻，親戚們都私下叫她做趙媽——太太，孩子們則簡稱之曰趙太太。她如今已有五十多歲了，但顯得還不老，頭髮還是青青的，臉上也還清秀，未脫二三十歲時代的美麗的型子，雖然已略略的有了幾痕皺皮的褶紋，一雙天足，也還健步。她到了八叔家裡已經二十年了，她生的大孩子已經到法國留學去了。她是一個異鄉人，雖然住在福州人家裡已經二十年了，而且已會燒得一手好的福州菜蔬，已習慣於福州人的風俗人情了，但她的口音卻總還是帶些「外路腔」，說得佶倔生硬，一聽便知她並不是我們的鄉人。除了她的不能純熟自然的口音外，其餘都已完全福州化了，她幾乎連自己也忘了不是一個福州人。這當然難怪她忘了她的本鄉，因為二十年來，她的四周都是福州人圍繞著，她過的是福州人的生活，聽的是福州人的說話，而且二十年來她的故鄉也不曾有一個親屬，不曾有一個朋友和她來往過。她簡直是如一個孤兒被棄於異鄉人之中而生長的一樣。

她之所以成為八叔的第二妻，其經歷頗出於常軌之外雖然至今已經是二十年了；雖然她生的大孩子都已經到法國留學去了；然而她為了這個非常軌的結合，至今還為親友間的口實談資。

當和她同居的時候，八叔並不是沒有妻。八嬸至今還在著，住在她自己生的第一個孩子四哥的家裡。所以八叔和她的結合，並不是續弦，卻又不是妾。講起他們的結合來，卻又不曾經過什麼舊式的「拜堂」、新式的相對鞠躬、交換戒指等等的手續，只是不知在哪一天便同居了，便成了夫妻了，便連客也不曾請，便連近時最流行的花一塊半塊錢印了一種「我們已經於〇月〇日同居了」的報告式的喜帖也不曾發出。像這樣簡單的非常軌的結合，在現在最新式的青年間也頗少見，不要說在二十年之前的舊社會中了。所以難怪至今還為親友間的口實談資。

他們的結合之所以至今還為親友間的口實、談資者，至少還有另一個原因。這便是因為她出身的低微。她不是什麼名門的閨秀，也不是什麼小家的碧玉，也不是什麼名振一時的窯姐，她只是一個平平常常的鄉下人，一個平平常常的被八叔家裡所僱用的老媽子。她也已有了一個丈夫，正如八叔之已有了妻一樣。所不同的是，八叔和她結合，不必經過什麼手續和八嬸解決問題，而她則必須和她丈夫辦一個結束，聲明斷絕關係，婚嫁各聽其便而已。據說，她是一個童養媳，父母早已死了。她夫家姓趙，所以大家至今還私下管著喚她做趙媽——太太或趙太太。每逢親串家中有喜慶婚嫁諸大事的時候，她便也出來應酬，儼然是一個太太的身價。然而除了底下人之外，沒有一個人曾稱呼她為某太太的。他們見面時，都以「不稱呼」的稱呼了結之。譬如，她向四嬸告別時，便叫道：「四太太，再會，再會。」四嬸卻只是說：「再會，再會」，而她之對二嬸便要說道：「二嬸嬸，再會，再

趙太太

會」了。再譬如二嬸前幾個月替元蔭續弦時，她曾一個個的吩咐老媽子去叫車，或已有車的，便叫車夫點燈侍候，當一班客人要散時，她叫道：「張媽，叫四太太的馬車夫點了燈，酒錢給了沒有？」或是說：「太太要走了，快去叫車夫預備」之類，只是輪到了趙媽──太太，她便只是含糊的叫道：「張媽，叫車夫點了燈。」而張媽居然也懂得。這個「不稱呼」的稱呼的祕訣，真省了不少的糾紛，免了不少的困難，而在面子上又不得罪了趙媽──太太。

趙媽太太也自知她在親串間所居的地位的尷尬，所以除了不得已的喜慶婚喪的應酬外，無事絕不踏到他們的門口。她很自知不是他們太太們的伴侶。她只是勤苦的在管家，而這個家已夠她的忙碌了，而在她自己的家中，她是一個主角，她是被稱為「太太」的。

她是蘇州的鄉下人。她丈夫家裡是種田的農戶。因為她吃不了農家粗作的苦，所以到上海來「幫人家」。有人說，蘇州無錫的女人，平均的看來，都是很美好的，即使是老太太或是在太陽底下晒得黑了的農家女，或是醜的婦女，也都另具有幾分清秀之氣，與別的地方的女人迥不相同。所以幾個朋友中間，曾戲編了一個口號道：「娶妻要娶蘇州人。」有一個蘇州的朋友說，所謂自稱為蘇州人的，大都是冒籍的，不是真的蘇州人。別地方的人聽不出她們口音的不同，在蘇州人卻一聽便辨其真假。

說到口音，蘇州的女人似乎也有獨擅的天賦。她們的語音都是如流鶯輕囀似的柔媚而動聽的，所謂吳儂軟語，出之美人之口，真不知要顛倒了多少的男子。即使那個女人是黑醜的，肥胖的，僅聽聽她們的語聲也是足夠迷人的了，較之秦音的肅殺，江北腔的生硬，北京話的流滑而帶剛勁者，真不知要輕柔香膩到百倍千倍。

這都是閒話，但趙媽——太太卻是一個道地的蘇州人，而且是一個並不醜的蘇州女人，也許，僅此已足使八叔傾倒於她而有餘了。她再有什麼別的好處，那是只有八叔他自己知道的了。但她之所以使八叔對於她由注意而生憐生愛者，卻也另有一個原因。

八嬸是很喜歡打牌的，往往終日終夜的沉醉於牌桌上，家事也不大肯管。這也許是一種相傳的風尚，還許竟是一種遺傳的習性，凡是福州人，大都總多少帶有幾分喜歡打牌的脾氣的。沒有一個人肯臨牌而謙讓不坐下去打的，尤其是閒在家中沒有事做的太太們。她們為了消遣而打牌，愈打便愈愛打，以後便在不閒時，在有事時，也不免要放下事，拋了事去打牌了。八嬸便是這樣的一個婦人中的一個。當八叔到上海來就事，初次把她接來同住時，她因為熟人不多，還不大出去打牌。後來，親串們一天天的往來的多了，熟了，——不知福州人親戚是如何這樣的多，一講起來，牽絲扳藤歸根溯源，幾乎個個同鄉都是有戚誼的，不是表親，便是姻親，——便十天至少有五六天，後來竟至有七八天，出去打牌的了。下午一吃完飯便去，總要午夜一二時方回。八叔的午飯是在辦公處吃的，到了他回家吃晚飯時總是不見了八嬸，而晚飯的菜，付託了老媽子重燒的，不是冷，便是口味不對。八叔常常的因此生氣，把筷子往桌上一擲，便出去到小館子裡吃飯去了。到了他再回家時，八嬸還沒有回來，房裡是冷清清的，似乎有一種陰鬱的氣分。最小的一個孩子，在後房哭著，乳娘任怎樣的哄騙著也不成，他只是呱呱的哭著。大孩子又被哭聲驚醒了，也吵著要他的娘。八叔當然是要因此十分的生氣，十分的鬱悶了。有一次，她方在家裡邀致了幾個太太們打牌，正在全神貫注著的時候，而大孩子纏在她身邊吵不休，不是要買糖，便是要買梨，便是告訴母親說，小丫頭欺負了他。八嬸有一副三四番的牌，竟因此錯過了一搭對子沒有碰出，這副牌還因此不和。這使她十分的生氣，手裡執了一張牌，她也忘了，竟用手連牌在他頭上重重的撲敲了一下，牌尖在額角上觸著，竟碰破了頭皮，流了一臉的血。她只叫老媽子把他的血洗了，用布包起，她自己連立也不立起來，仍然安靜的坐著打牌。孩子是大聲的哭著。八叔正在這時回家了，他見了這個樣子再也忍不住生氣，但因為客人在著，不便發作。到了牌局散後，他們便大鬧了一場。八叔對於她更覺得灰心失意。

舊的老媽子恰在這時辭職回家了，趙媽便由薦頭行的介紹，第一次踏進了八叔的大門。她做事又勤快，又細心，又會體貼主人的心理。試用了兩三天之後，八嬸便決意，連八叔也都同意，把她連用下去。她把家事收拾得整理得井井有條，不必等到主人的吩咐，事情已都安排得好好的了。八嬸很喜歡她，不久便把什麼事都委託給她了。八叔也覺得她不錯。自她來了之後，他才每晚上有熱菜吃，有新鮮的菜吃。他從此不再到小館子裡去。她做了菜，總是一碗一碗，燒好了便自己端了出來。菜燒完了，便站立在桌邊，侍候著八叔添飯。有一次，她端了一碗滾熱的湯出來，一個不小心，湯汁潑濺了一手，燙得她忘記了手上端的是一個碗，竟把它摔碎在地上了。八叔連忙由飯桌上立起來，去問她燙傷了手沒有。她痛得說不出話來，只點點頭。他取了一瓶油膏，一卷紗布，親自動手替她包紮。她的手是如此瑩白可愛，竟使八叔第一次感到了她的美好。她的手執在八叔的手裡，她臉上微微有些紅暈，心頭是卜卜的跳著。誰知道他們是在什麼時候有了關係的，但從這個時候之後，他們似乎發生有一種親切的情緒。八叔再也不干涉八嬸打牌的事；有時她不出去打牌，他還勸誘她到哪一家哪一家去，且晚上她再遲一點回來，他也絕不像向日那樣的板起臉孔來對她。也許他還希望她更遲一點回來更好。如此的不知經過了幾個月，也不知在什麼時候，他們間的關係乃為八嬸所覺察。總之，八嬸是知道了他們之間的關係了。她對八叔大吵了一次，且立刻迫著要趙媽捲鋪蓋走路。趙媽羞得只躲在房裡哭泣。八叔也一點不肯讓步。結果，不知他用了什麼方法，八嬸乃竟肯不讓趙媽走路了。而他們間的關係，至此乃成為公開的祕密，親戚之間竟沒有一個人不知道這事的了。

我們中國的家庭，是最會忍垢含穢的，什麼難解決的問題，到了我們中國的家庭便都容容易易的解決了。譬如，一個男人在他的妻之外，又愛上一個女人了，而且已經娶了來，而且儼然是一個太太了。無論在哪一國，這件事都是法律人情所不許的，他至少要犧牲了一個太太。而在我們的家庭裡，這件事卻有一個兩全的方法，便是說，他是兼祧的，可以容許他要兩個妻，而這兩個妻便是「兩頭大」，這不是一個很好的解決方法麼？再有，男人在外地又娶了一個小家碧玉或窯姐了，他家裡的妻乃至家裡的上上下下，連親戚朋友，都當她是一個妾，說是老爺在外面娶了一個妾了，然而其實卻是一個妻，在外地的家庭裡沒有一個人不稱她為太太的。眼不見為淨，家裡的人只好馬馬虎虎的隨他如此的過去了。這不又是一個很好的解決方法麼？這就叫做不解決的解決。比起上面所說的什麼兼祧兩頭大，還覺得彼未免是多事。這乃是中國家庭制度底下的一個絕大的發明，是鬼子們所萬不能學得來的。而今，八叔與趙媽的關係，便也是採用了這個絕大發明，即所謂不解決的解決的方法來解決的。

然而這個風聲是藉藉的傳到外面去了，不僅是流傳於親串之間了。馴至而趙媽的丈夫也知道了這事了。在家庭間可以用了不解決的解決方法來解決一切問題，而在這個與外人有關的問題上，這個絕妙的方法卻不便應用了。

不知道他從什麼地方知道了這個消息，也不知道有什麼人在他背後激動挑撥，他一來便迫著要帶趙媽回家。趙媽躲在後房，死也不肯出來見他，還是別一個僕人，出來回他道：「趙媽跟太太出去打牌了，要半夜才能回來呢，請明天再來吧。」她丈夫才悻悻的走了。

她丈夫是一個鄉農，是一個十足的老實人，說話也是訥訥的說不出口，腦後還拖著一根黑烏的大辮子。他一進門便顯然的迷亂了，只訥訥的說道：「請叫趙媽出來說話，我有話說，我要叫她捲了鋪蓋回家，不幫人家了。」當然，誰都知道他是聽得了這個消息而來的。

在這天，整天的，趙媽躲在後房床上哭著，心裡一點主意也沒有，八叔也如瞎了眼的小鼠一樣，西跑東攢，眉頭緊皺，也想不出一個好方法來。八嬸很不高興的咕絮著道：「叫你早辦這事，你老是不肯辦，現在好了。看你用什麼法子去對付她丈夫！這事本不應該的！他上公堂一告狀，看你還有什麼面子！」

八叔一聲不響的聽著她的咕絮。她當然私心裡是巴不得趙媽的丈夫真的能把趙媽帶走，然同時，看見八叔那末焦慮愁悶的樣子，又覺得很難過。這矛盾的心理，是誰都覺得出的。

「今天對付過去了，他明天還要來呢。這樣乾著急有什麼用？應該想想方法才好。這事好在親友們也都知道了，何不找他們來商量商量呢？」八嬸憐憫戰勝了嫉妒的舒徐的說道。

八叔實在無法，只好照了她的提議，叫徐升去請二老爺和劉師爺來。二叔和劉師爺都是八叔的心腹好友，劉師爺尤其足智多謀，慣會出主張，一張嘴也是鋒利無比，彷彿能把鐵石人的心腸也勸說得軟化了一樣。

他們來了，八叔自己不好意思說什麼，還是八嬸一五一十的把趙媽的丈夫來了要帶她回去的事告訴了他們。

二叔道：「這當然是他聽見了風聲才來的了。要買一個絕斷才好。這樣敷衍著總是不對，保不定哪一時便會發生事端的。」

八嬸道：「可不是！被他告一狀才喪盡體面呢！」

劉師爺想了半天，才說道：「他明天來時，除非和他當面說明了，八爺當然不必出去見他，趙媽也仍然躲一躲開。他們鄉下人要的是錢，肯多花一點錢，這件事總是好辦的。」

這件事完全委託了二叔和劉師爺去料理。第二天，趙媽的丈夫又來了，是二叔他們去見他。他原是不大會說話的，但聽完了劉師爺的一席帶勸，帶調解，帶軟嚇，為八叔作說客，而又似為他，趙媽的丈夫，設策劃計的話，心裡顯然的十分的躊躇。臨走時，卻只是說道，「這是不成的，我要的是人！」

他們第二次不知在什麼地方見面談判，總之，趙媽的丈夫卻不再到八叔的家裡來了。過了三四天，二叔和劉師爺笑哈哈的走來對八叔說道：「恭喜，恭喜，事情都了結了！想不到一個鄉下人倒不大容易對付。」

八嬸道：「要叫趙媽出來向二叔和劉師爺道謝呢！」

當然，這個和局，總不外於拚著用幾百塊錢，給了趙媽的丈夫，叫他寫了絕斷契；這些錢在名義上當然說是給他作為另娶一位妻房之用的了。但這樣的一解決，趙媽的地位，在家庭中似乎驟增了重要。她不再是一個名義上的老媽子了，雖然在事實上還是如前的燒菜侍候著老爺。老媽子另外找到了一個。她的臥房搬到了一間好的房間裡來，她也坐在飯桌上和太太、老爺一同吃飯了。不久，她便生了一個男孩子。如此的，這個家庭，用了不解決的解決方法，竟是一年兩年的相安無事下去。但這不過是表面上的，在裡面，那家庭的暗潮是在繼長增高著。家庭的實權，一天天的移到趙媽的身上來。八嬸幾乎在家庭中成了一個附庸的分子，有飯吃，有牌打，有房子住，有月例錢用，其餘的便都用不著她管了。她當然是很嫉妒，很不平，很覺得牢騷的。但她是一個天生的懦弱人，雖然很會吵

趙太太

嘴，卻不敢於有決絕的表示。兼之，趙媽的手段又高明，籠絡得她也無以難她。如此的，這個家庭，在不絕的暗裡衝突，在牢騷、嫉妒，在使用心機的空氣中，一天一天，一月一月，一年一年的度過去。中間，八嬸曾回到故鄉的母家去了幾次。一去總要一二年才復回。在這個主婦缺席之時，趙媽的權力便又於無形中增長了起來。家裡的底下人，居然也稱她做太太了。八嬸的孩子們都已經成人了。大孩子，二哥，已經由日本歸國，娶了親，在交通部裡辦事了。二孩子三哥，則在比利時學著土木工程。他們對於父親和趙媽的行動，都不大滿意。而二哥便把八嬸接到了北京同住，不再回到上海來。而趙媽生的四哥也已成人了，在上海娶了親，生了一個孩子，且已到法國留學去了。如此的，這個家庭是分成了兩截，北京一個，而上海又是一個。上海的一個已完全成了趙媽的，孩子是她的，媳婦是她的，孫子也是她的。有什麼親串間的喜慶婚喪，她便也被視為八嬸的替身，出去應酬赴宴。而親串們在背後便都喚她做趙媽——太太，而當著她的面，則以「不稱呼」的稱呼方法去招呼她。

電子書購買

爽讀 APP

國家圖書館出版品預行編目資料

家庭的故事：舊家庭的興衰際遇，封建迷信下的悲劇 / 鄭振鐸 著 . -- 第一版 . -- 臺北市：崧燁文化事業有限公司 , 2023.10
面； 公分
POD 版
ISBN 978-626-357-615-5(平裝)
857.63 112013620

家庭的故事：舊家庭的興衰際遇，封建迷信下的悲劇

臉書

作　　者: 鄭振鐸
發 行 人: 黃振庭
出 版 者: 崧燁文化事業有限公司
發 行 者: 崧燁文化事業有限公司
E-mail: sonbookservice@gmail.com
粉 絲 頁: https://www.facebook.com/sonbookss/
網　　址: https://sonbook.net/
地　　址: 台北市中正區重慶南路一段六十一號八樓 815 室
Rm. 815, 8F., No.61, Sec. 1, Chongqing S. Rd., Zhongzheng Dist., Taipei City 100, Taiwan
電　　話: (02)2370-3310　　**傳　　真:** (02) 2388-1990
印　　刷: 京峯數位服務有限公司
律師顧問: 廣華律師事務所 張珮琦律師

定　　價： 299 元
發行日期： 2023 年 10 月第一版
◎本書以 POD 印製